[illegible]ト 上

ピーター・ワッツ

突如，地球を包囲した65536個の流星。その正体は異星からの探査機だった——。21世紀後半，偽りの理想郷でまどろむ人類に襲いかかった未曾有の危機。やがて太陽系外縁に現われた謎の信号源に向け，一隻の宇宙船が旅立つ。クルーは吸血鬼，四重人格の言語学者，感覚器官の大半を機械化した生物学者，平和主義者の軍人，そして脳の半分を失った代わりに特殊な観察力を得た男と，いずれも特異な能力を持つ者たちだった……。ヒューゴー賞・キャンベル記念賞・ローカス賞など5賞の候補となり，テッド・チャンが瞠目した，現代ハードSF界随一の鬼才が放つ「意識」の価値を問う傑作！

登場人物

シリ・キートン……………統合者。本書の語り手
ユッカ・サラスティ…………第三波の指揮官、吸血鬼
アイザック・スピンデル……生物学者、医療担当
スーザン・ジェームズ………言語学者である〈四人組〉の主人格
ミシェル………………………〈四人組〉の交代人格。共感覚を持つ
サーシャ………………………〈四人組〉の交代人格
クランチャー…………………〈四人組〉の交代人格。男性
アマンダ・ベイツ……………少佐、軍事担当
ロバート・カニンガム………バックアップ要員
船長……………………………〈テーセウス〉を制御するAI
ロバート・パグリーノ………シリの幼馴染み
チェルシー……………………シリの元恋人
ヘレン・キートン……………シリの母。VR施設「天国」に移住
ジム・ムーア…………………シリの父。機密任務に携わっている
ロールシャッハ………………ビッグ・ベンを周回する巨大構造物

ブラインドサイト 上

ピーター・ワッツ
嶋 田 洋 一 訳

創元ＳＦ文庫

BLINDSIGHT

by

Peter Watts

This book is published in Japan

by TOKYO SOGENSHA Co., Ltd.

Japanese translation rights arranged with Donald Maass Literary Agency

through Owls Agency, Inc.

目次

下巻　目次

リサに

苦痛がなければ、生きているとは言えない。

わたしをもっとも興奮させる存在は、実のところ現実とは何なのか、とわざわざ想像しなくてはならない必要性だ。

――フィリップ・ゴーレイヴィッチ

きみは大した理由もなく犬のように死ぬだろう。

――アーネスト・ヘミングウェイ

ブラインドサイト　上

プロローグ

過去に触れられるか？　過去と取引できるか？
過去は現実じゃない。ただの夢だ。
――テッド・バンディ

始まりはここじゃなかった。スクランブラーも、ロールシャッハも、ビッグ・ベンも、〈テーセウス〉も、吸血鬼も関係ない。始まりはホタルだったと言うやつは多いが、そうじゃない。そういうのはすべて終わりだった。

おれにとっての始まりはロバート・パグリーノだ。

八歳のとき、パグはおれの唯一の親友だった。おれたちは爪弾（つまはじ）きで、相補的な不運を背負っていた。おれのは発達障害。パグのは遺伝的欠陥で、近視とにきびになりやすく、しかも

（あとでわかったんだが）麻薬の感受性が高いって資質がそのまま残っていた。パグの両親は息子を最適化しなかった。いまだに神を信じてる二十世紀の遺物で、神の被造物に手を加えるのは許されないって考えの持ち主だったんだ。おれたちの欠陥はどっちも修復可能だったが、修復されたのは片方だけだった。

運動場に来てみると、パグが六人のガキどもに取り囲まれてた。たまたま正面にいた運のいいやつらが顔面にパンチを入れ、ほかの連中は「できそこない」だの「ぼんくら」だのと罵声を浴びせながら順番を待っていた。パグはためらいがちに両腕を上げて、とくに強いパンチだけをブロックしてた。あいつの考えが、自分の考えてることよりよくわかった。殴り返すつもりがあると思われるのが怖いんだ。反抗的だと思われて、もっとひどく殴られるのが。おれはまだほんの八歳だったが、頭の中身を半分失って、すでに傍観者に徹していた。

ただどうすればいいのかまではわからなかった。

パグとはしばらく会ってなかった。向こうがおれを避けてたんだと思う。それでも、親友がひどい目に遭ってたら助けにいくよな？　どんなに分が悪くても——自分より大きい六人のガキにサンドバッグにされてる親友を助けに飛び込む八歳児はそういないとしても——人を呼ぶくらいのことはするだろう。警備員に知らせるとか、とにかく何かを。

おれはただ突っ立ってた。とくにパグを助けたいとさえ思わなかった。

筋が通らない。たとえ親友じゃなかったとしても、同情くらいはすべきだ。暴力ってことでは、おれはパグほどひどい目には遭っていなかった。おれの症状のせいで、ほかのガキどもはおれをいじめるときも何となく怖がって、遠巻きにしているところがあった。それでもだ。おれだって、からかわれたり侮辱されたりすることは多かった。A地点からB地点に移動する途中、どこからともなく足があらわれて、それにつまずくこともしょっちゅうだった。おれはいじめられる側の痛みを知っていた。

少なくとも、手術前までは。

でも、おれのそんな部分は、悪い配線といっしょに切り取られていた。おれの脳はまだリハビリ中で、観察による学習を続けているところだった。群れを作る獣は、つねにいちばん弱い仲間を攻撃する。子供はみんなそのことを本能的に知っている。おれはただそのプロセスに従い、自然の摂理に手を出すべきじゃなかったのかもしれない。でもそれなら、パグの両親だって自然の摂理に手を出さなかった。その結果がこれだ。息子は泥だらけになってうずくまり、遺伝子工学が生んだスーパーボーイたちに脇腹を蹴られている。

結局、同情心の代わりにプロパガンダが働いた。当時のおれは考えるよりも観察し、推測するよりも思い出すことが多かった――そして思い出したのが、虐げられた人々のために立ち上がった者を称賛する逸話の数々だった。

おれは拳ほどの大きさの石を拾い上げ、誰もおれの参戦に気づかないうちに、パグを殴っていた二人の後頭部に石を叩きつけた。

新たな脅威に立ち向かおうと振り返った三人めの顔を一撃すると、頬骨が折れる音が聞こえた。その音を耳にして、どうして満足を感じないんだろうと思ったのを覚えている。敵の数が一人減ったという以外の感慨がまるでなかったんだ。

残りのガキどもは血を見て逃げだした。勇敢なのが一人、おれを殺してやると言い、「ゾンビ野郎！」と肩越しに叫んで、角の向こうに姿を消した。

それがどれほど皮肉な言葉だったか、わかったのは三十年後だ。

足もとでは二人の敵が痙攣していた。おれは片方の頭を何度も蹴り、動かなくなるともう一人に向きなおった。何かに腕をつかまれたが、何も考えずに振り払った。やっと目を向けたのは、パグが声を上げ、おれの手の届かないところでうずくまってからだった。

「ああ、悪い」

倒れて動かない肉体が一つ。もう一つはうめきながら頭を抱え、ボールのように丸くなっている。

「ああ、くそ」パグは息を切らしていた。血が鼻の下で固まりかけ、シャツにも飛び散っている。頬は青と黄色に変色しかけていた。「ああ、くそ、くそ、くそ……」

おれは何か言うべきことを考えた。「だいじょうぶか？」

「ああ、くそ、こんな——つまり、おまえ……」パグが口もとを拭うと、手の甲に血の筋がついた。「くそ、まずいことになるぞ」

「あっちが先に手を出したんじゃないか」

「ああ、でも――この状態を見てみろよ！」

うめいていたやつは四つん這いで逃げだしていた。どこまで行けば援軍が見つかるだろうと思った。その前に殺したほうがいいだろうか。

「前は絶対にこんなことしなかった」とパグ。

手術の前は、という意味だ。

そのとき、おれは確かに何かを感じた――遠くかすかだが、気のせいではない。おれは怒りを感じていた。「あっちが先に――」

パグは目を大きく見開いて後退した。「何する気だよ？ それを下ろせ！」

おれは石を持った両手を振り上げていた。そんな覚えはなかったのに。手を開くのに少し時間がかかった。おれは自分の両手を長いことじっと見つめた。

ようやく石が地面に落ちた。血に濡れてぬめぬめと光っている。

「助けようとしたんだ」どうしてパグにそれがわからないのか、理解できない。

「おまえ、まるで別人だよ」パグが安全な距離を取って言った。「もうシリじゃない」

「ばかなこと言うな。シリだよ」

「脳を切り取ったんだろ！」

「半分だけだ――」

「知ってるよ！　知らないとでも思った？　おまえはあっちの半分にいたんだ——おまえの一部が……」パグは懸命に言葉を探した。言葉のうしろにある観念を。「だから変わっちゃったんだ。まるでおまえのママとパパがおまえを殺して——」

「ママとパパは」急に気分が落ち着いた。「命を助けてくれた。死ぬところだったんだ」

「もう死んだんだよ」たった一人の親友が言った。「シリは死んで、中身は掻（か）き出されて捨てられて、おまえはその残りから育った、まるで別の人間なんだ。同じ人間じゃない。あれからずっとそうなんだ。絶対に同じじゃない」

　パグが本当のことをわかって言ってたのかどうか、今でもおれにはわからない。十八時間ずっと接続してたゲームの電源を母親に引っこ抜かれて、新鮮な空気を吸ってきなさいと家から追い出されたばかりだったのかもしれない。ゲーム空間で人間もどき（ポッド・ピープル）を相手にずっと戦っていたんで、何もかもそう見えてしまったんだろう。たぶん。

　だが、パグの言うことにも一理ある。ヘレンからは、適応するのはとても大変だと言われて（警告されて）いた。人格がすっかり新しくなったようなものよ、と。それで何がいけない？　この治療法が根治的大脳半球切除術と呼ばれるのは、それだけの理由があるからだ。脳の半分は生ごみに出し、残った半分に倍の仕事をさせる。たった一つの脳半球が再配線されて、びしびししごかれるんだ。うまくいったのは間違いなかった。脳というのはとても順応性が高い。手間はかかるが、ちゃんと適応する。おれは適応した。それでもだ。リノベーション中に絞り出し、変形させ、再形成しなくちゃならなかったものがどれだけあるか考えてみろ。前にこの肉体を使ってたやつとは別人だって議論が成り立つ余地はある。

暴力沙汰のほうは、もちろん、最後には大人たちが出てきた。薬が投与され、救急車が呼ばれた。親たちは激怒し、激しい言葉の応酬があった。だが、傷つけられた子供たちに近所の同情を集めるのはそう簡単ではなかった。運動場は三方向からカメラで監視されていて、愛しいわが子――と五人の仲間たち――が無抵抗な少年の脇腹を蹴り上げるところが、ばっちり映っていたからだ。おれの母親はといえば、手のかかる子供と父親の不在――パパはまたどこか地球の反対側だった――についていつもの文句をリサイクルしたものの、騒ぎはごくあっさりと静まった。パグとおれの友情が壊れることさえなかった。短い中断はあったものの、誰も仲間がいないと校庭が使えなくなると、そのとき二人とも思い知らされたからだ。

結局、おれはこの状況を切り抜け、ほかにも無数の子供時代の経験を生き延びた。おれは成長し、適応した。協調することを学習した。観察し、記録し、アルゴリズムを解析し、最適な行動を模倣した。おれの行動の多くは……心からのものではない、という言い方が適当だろう。みんなと同じように友人もいれば敵もいるが、それは数年来の観察結果をコンパイルし、行動と環境をチェックリスト化して選んだ者たちだ。

打ち解けない人間になっても不思議はなかったが、おれは客観的な大人に育った。それはロバート・パグリーノのおかげだ。あいつの観察力がおれに大きな影響を与え、すべてを動かした。それがおれを統合者にし、スクランブラーとの壮絶な出会いを運命づけ、地球に降りかかった、それ以上にひどい運命から遠ざけた。別の視点から見れば、地球にいたほうがましだったと思えるかもしれないが。視点は重要だ。今ならそれがわかる。盲目になり、自分自身に語りかけ、太陽系のはずれを滑り落ちていく棺の中に囚われている今なら。子供時代の戦場で殴られて血を流していた友達が、自分の視点を投げ出せと教えてくれて以来はじめて。

間違っていたのはパグかもしれないし、おれかもしれない。でもあれは、あの距離感は——同族の中にいて自分はまるで異星人だとつねに感じつづけるのは——かならずしも悪いことではなかった。

本物の異星人が呼びかけてきたとき、とても役に立ったから。

血の騒ぐ音がうるさすぎて。
――スザンヌ・ヴェガ

〈テーセウス〉

自分がシリ・キートンだと想像してみてくれ。

あんたは復活の苦しみの中で目覚め、百四十日という記録破りの無呼吸睡眠期間を終えて息をあえがせる。ドブタミンとロイエンケファリンでシロップのようになった血が、数カ月の待機期間中しぼんでいた動脈を押し広げながら流れるのを感じる。干からびていた肉体が苦痛とともに元に戻り、血管が膨張し、肉と肉が離れ、慣れない屈曲に肋骨が上げる悲鳴がいきなり耳の奥に響く。使われなかった関節はすっかり動きが悪くなっている。あんたは不自然な生体硬直に凍りついた棒人間だ。

息ができたら、悲鳴を上げていただろう。

だが、忘れるな。吸血鬼はいつもこれをやってきた。彼らにとっては普通のこと、資源節約のために編み出した独自の機能なのだ。もしも吸血鬼があのばかげた直角恐怖症で文明の黎明期に絶滅していなかったら、節制というものについて人類に一つ二つ教えることができていたかもしれない。今なら教えられる者は多いはずだ。何しろ吸血鬼は甦ったのだから――古遺伝学という呪術を使い、ジャンク遺伝子と化石骨髄を継ぎ合わせ、ソシオパスと高機能自閉症患者の血液にひたして、墓から起き上がらせたのだ。このミッションの指揮官も吸血鬼だ。その遺伝子がいくつかあんたの血液中に生きていて、この恒星間空間のはずれであんたを死から甦らせた。部分的に吸血鬼化しなければ、木星軌道を越えられる者はいない。

苦痛がほんのわずかに引きはじめる。あんたは脳内に埋め込まれたインレイを起動し、自分の生命徴候にアクセスする。肉体が運動神経の指示に反応するには何分もかかり、痛みがなくなるまでには何時間もかかる。痛みは不可避の副作用だ。人間の遺伝子コードに吸血鬼のサブルーチンを組み込んだら、どうしてもそうなる。鎮痛剤を要求したこともあったが、代謝の再活性化に妥協はあり得ない。耐えるのだ、兵士よ。

チェルシーが最期を迎えたときもこんなふうだったのだろうかとあんたは考え、そのためにまったく別の痛みを感じて、急いでそんな思いを閉め出す。あんたは生命が四肢に広がっていく痛みに意識を集中する。無言で痛みに耐えながら、あんたは最新のテレメーターのログに目を通す。

あんたは思う——これは何かの間違いだ。

ログが正しいとするなら、そこは本来いるべき場所から遠く離れている。カイパー・ベルトではなく、黄道面をはるかに離れ、オールトの雲の奥深くにいることになる。百万年かそこらに一度太陽のそばを通過するだけの、長周期彗星が集まる場所だ。そこはもう恒星間宇宙のとば口で、つまり（あんたはシステム・クロックを参照する）千八百日のあいだアンデッドだったことになる。

五年近く寝過ごしたのだ。

棺の蓋がスライドして開く。痩せこけた死骸のような肉体が鏡面状の隔壁に映る。雨を待つ乾ききった肺魚のようだ。生理食塩水の袋が四肢を覆いつくし、まるで血を吸うのではなく水分を供給するヒルにたかられているように見える。意識をなくす前に針を刺されたことを思い出す。はるか昔、血管がまだ干からびたビーフジャーキーの繊維のようになる前のことだ。

あんたのすぐ右側に、やはりポッドの中から鏡面状の隔壁を見つめるスピンデルの姿が映っている。その顔もあんたの顔と同じように血の気がなく、骸骨じみている。落ち窪んだ大きな目が眼窩の中で小刻みに震え、スピンデルが自分のリンクを再取得するのがわかる。彼の感覚インターフェースは巨大で、それに比べるとあんたの既製のインレイはまるで影絵人形だ。

咳（せ）き込む音や四肢が動く音がして、視界ぎりぎりのところにかろうじて動きが見える。ほかの者たちも動きだしているのが、鏡面の視野の隅に感じられた。

「何が……」あんたの声はかすれたささやきでしかない。「……起き……？」

スピンデルが口を動かすと、骨が音を立てる。

「……からからだ」とかすれた声が聞こえる。

まだ異星人（エイリアン）には出会っていないが、あんたのまわりは異質（エイリアン）な連中でいっぱいだった。


おれたちは死者から生者にのろのろと戻っていった。五人のパートタイムの死体は裸で痩せこけ、ゼロGでもろくに動くことができない。棺から出たときは、まるで成虫になりきる前に繭から取り出された、半分イモムシのままの蛾（が）のようだった。コースをはずれ、孤立無援で、意識して記憶をたどり、やっと思い出した——おれたちが命を危険にさらすのは、ほかの連中では務まらないからだ。

「おはよう、政治委員（コミッサール）」アイザック・スピンデルが痺（しび）れて震える片手を伸ばし、ポッドの基部のフィードバック・グラヴをつかもうとしている。その向こうではスーザン・ジェームズが胎児のように丸くなり、独り言をつぶやいていた。かろうじて動けるのはアマンダ・ベイツだけで、すでに服を着て、骨を鳴らしながらアイソメトリックス運動をこなしている。ときどきゴムボールを隔壁に投げるが、跳ね返ったボールをキャッチできるほどには回復していないようだ。

旅のあいだにおれたちは一度溶かされて、共通の原型に戻ってしまっていた。ジェームズの丸い頬と尻、スピンデルの秀でた額とずんぐりして細い骨格、さらにはベイツがボディとして使っている炭素プラチナ繊維の塊まで、すべてがしぼんで、乾燥肉と骨の集合体になっていた。髪は航行中に、妙な具合に脱色されていた。そんなことがあり得ないのはわかっている。頭皮が透けて見えているだけだろう。それでもだ。死ぬ前のジェームズの髪は泥色のブロンドで、スピンデルは黒といっていいくらい濃い色だった。だが今、二人の頭に生えている毛髪は、同じようなくすんだ褐色に見えた。ベイツは頭を剃っているが、眉はおれの記憶にある錆色よりも色が薄くなったようだ。

おれたちはすぐに元に戻るはずだった。水さえ摂取すれば。だが今のところ、古い格言がそのまま当てはまっていた。〝見分け方を知らないと、アンデッドはどれも同じに見える〟のだ。

もちろん、見分け方を知っていれば問題ない。外観のことは忘れ、動きに注目すればいい。肉体は無視してトポロジーを考えるんだ――これで人違いをすることはなくなる。顔面の痙攣はチェックポイントだし、会話のときの息継ぎは言葉より多くのことを伝えてくれる。ジェームズの外見は崩壊しているが、片方の睫毛の動きで見分けがついた。アマンダ・ベイツに対するスピンデルの無言の不信感は、口もとの笑みの端から叫びを上げていた。表現型のあらゆる小さな痙攣が、それを読み取ることのできる者に向かって大声でわめき立てている。

「どこに――」ジェームズがかすれた声を上げ、咳き込み、細い腕を振って、列のはずれで口を開けているサラスティのからっぽのポッドを示した。

スピンデルが口を開くと、唇が切れた。「合成工場じゃないか？　船に寝床でも作らせているんだろう」

「船長と話し合ってるのかもしれない」ベイツの声は呼吸音にかき消されそうだった。気管から出る乾いた喘音は、まだ息をするという行為に慣れていないせいだ。

「ここで話せばいいのに」とジェームズ。

「トイレもここでするか？」スピンデルがかすれ声で言う。「一人でしたいことだってあるさ」

自分だけの秘密にしておきたいことも。吸血鬼と目を合わせて平気でいられるベースラインは多くない――礼儀正しいサラスティも、まさにその理由からアイ・コンタクトを避けていた――が、彼のトポロジーには別の面もあった。哺乳類的で、読みやすい面が。人目を避けるために引きこもっているのだとしたら、その原因はおれだろう。たぶん、あいつには秘密がある。

そう、〈テーセウス〉に秘密があるのと同じように。

船は目的地に向かって十五天文単位(AU)進んだところで、何かに怯(おび)えてコースを変えた。驚いた猫のように〝北〟に跳びのき、突っ走ったのだ。荒っぽい三G加速で黄道面を突っ切り、千三百トンの運動量がニュートンの第一法則に挑戦した。タンクはからになって積載質量をすべて失い、百四十日分の燃料が数時間で消費された。そのあとは長い慣性飛行で深淵を渡り、乏しい燃料を何年もやりくりして、反陽子を最後の一個まで使い切り、虚無に呑まれるのをかろうじて回避した。テレポーテーションは魔法ではない。イカロス反物質流は燃料である反物質そのものを送り出すんじゃなく、反物質の量子状態の情報を送信するだけだ。〈テーセウス〉は原材料を宇宙空間から集めなくてはならない。一度にイオンを一個ずつ。長く暗い数年間、〈テーセウス〉は慣性だけで飛びつづけ、集めた原子を蓄積しつづけた。そして、ぱっ！　イオン化レーザーが前方の空間を掃射し、ラムスクープが大きく展開し、一気に制動がかかった。一兆個の一兆倍の陽子の質量で船の速度が落ち、タンクは満タンになり、おれたちはふたたびぺしゃんこになった。〈テーセウス〉はほとんどおれたちが復活する直前までエンジンをふかしつづけた。

　こういう経路をたどりなおすのは簡単だった。コースはコン・センサスに記録され、誰でも見ることができる。だが、船がいきなりかっ飛びはじめた原因となると話は別だ。復活後ブリーフィングですべてはっきりするだろうが。封緘(ふうかん)命令を渡されて飛ぶのはおれたちが最初じゃない。急いで知る必要があることだったら、今ごろはもう教えられていただろう。ただ、通信ログを誰がロックしたのかは気になった。管制（ミッション・コントロール）かもしれない。あるいはサラスティか。もしかすると〈テーセウス〉自体がやったのかも。船の心臓部に量子ＡＩがいることを忘れるのは簡単だ。つねに背景に引っ込んだままおれたちに栄養を与え、船を動かし、目に見えない神のようにおれたちの存在に浸透している。そしてやはり神のように、呼びかけても応えない。

　サラスティは公式の仲介役だ。船が話すときは彼に話しかけ——サラスティはそれを船長の言葉と呼んでいる。

　おれたち全員も。

　復活のための時間は四時間取ってあった。おれは納骨堂から出るだけで三時間かかった。そのころには脳のシナプスはあらかた点火を開始していたが、肉体のほうは——まだ乾いたスポンジのように水分を吸収しつづけていて——動くたびに痛みが走った。おれはからになった電解質飲料の袋を新しいものと取り替え、船尾に向かった。

　船体の回転が始まるまで十五分。復活後ブリーフィングまで五十分。重力環境下で少し眠ろうと思ったら、手回り品をまとめてドラムに運び、割り当てられた四・四平方メートルのスペースを確保するだけで精いっぱいだ。

重力――というか、求心力を利用したその代用品――は、おれにはあまり魅力的に思えなかった。できるだけ船尾に移動し、ゼロG空間で右舷シャトル・チューブの前面の壁にテントを設置する。テントは〈テーセウス〉の脊髄にできた膿疱のようにふくらんだ。船の外殻の下にある暗い真空の洞窟に生じた、わずかに空調のきいた、空気の入った泡だ。おれの手回り品は最小限だった。それを壁に固定するのに三十秒、テント内の環境をプログラムするのに三十秒、それぞれかかっただけだった。

そのあとは散歩に出かけた。五年ぶりの運動だ。

船尾がいちばん近かったので、まずそこから、ペイロード区画と推進区画を隔てるシールドの前から始めた。船尾隔壁の中央には封鎖されたハッチがある。その向こうには保守用トンネルが、できるだけ人間が手を触れないほうがいい機器類のあいだに伸びていた。ラムスクープ・リングの太い超伝導トーラス。そのうしろのアンテナ・ファンは、今は展開しているため、都市を丸ごと包み込めるくらい巨大な、絶対に割れない泡になっているはずだ。正面を太陽のほうに向け、イカロス反物質流からかすかに流れてくる量子情報をとらえている。そのうしろにはまたシールドがあり、その先にテレマター反応炉が鎮座している。未精製の水素と精製された情報を混ぜ合わせ、太陽の三百倍も熱い炎を召喚する装置だ。もちろんおれもその呪文を知っている――反物質の崩壊と再構築、一連の数値情報の量子テレポーテーション――けれど、それでもおれにとっては魔法そのものだった。おかげでこれほど遠くまで、これほど速く到達できたのだ。誰が見たって魔法だろう。

たぶんサラスティにとっては別だが。

おれのまわりでは同じ魔法がもっと低温の、あまり爆発的ではない形で働いていた。あらゆる隔壁の表面に、大小無数の穴があいている。いくつかはおれの拳が入るかどうかという大きさで、おれの全身を丸呑みできそうなのも一つ二つある。〈テーセウス〉の物質合成工場は、ナイフやフォークからコクピットまで、どんなものでも作り出すことができた。原材料の分量さえじゅうぶんなら、〈テーセウス〉をもう一隻建造することだってできるだろう。もちろん、とても長い時間をかけて、無数の部品という形ではあるが。乗員も作れるのではないかと考える者もいたが、それは不可能だと断言された。これほどの精密プラントでも、数百万のシナプスを人間の頭蓋というスペースに詰め込むほど細かい作業はできないらしい。少なくとも、今のところは。

たぶんこれは事実だろう。代用品が安く手に入るなら、苦労しておれたちを送り出す必要などないはずだから。

おれは正面を向き、封鎖されたハッチに頭を預けた。船首までがほぼ一直線に見通せる。さえぎるもののない視界のいちばん奥、三十メートル先には小さな黒い丸があった。白と灰色に閉ざされた射撃場の先にある標的のようだ。円形のハッチが直線上に重なって、同心円に見えている。一世代前の安全基準のように無頓着に、すべてのハッチが開け放たれていた。

そうしたければ閉めておくこともできるが、それで安全性が高まるわけではなかった。緊急の際には、人間の神経が警報を感知する数ミリ秒前に、ハッチはすべて閉じる。コンピューターで管理しているわけでさえなく、〈テーセウス〉の部品そのものが反射的に反応するのだ。

船尾の隔壁を——使っていなかった腱が引きつる感覚に顔をしかめながら——押しやり、慣性で合成工場を通過する。搭載されている二機のシャトル、〈スキュラ〉と〈カリュブディス〉へのアクセス・ハッチにはさまれた部分で、脊髄は一時的に狭くなった。その先はまた広くなり、直径二メートルの蛇腹式延長シリンダーに続いている。長さは——今現在は——十五メートルくらいだろう。シリンダーの全長に沿って左右一対の梯子が設置されていた。左右の隔壁にはマンホールほどの大きさの舷窓も並んでいる。ほとんどはペイロード区画の内部が見えるだけだが、いくつか汎用エアロックになっているのがあり、誰でも外殻の下をうろつくことができた。その一つはおれのテントに通じ、四メートルほど先にあるもう一つはベイツのテントに通じていた。

三つめの、船首隔壁のすぐ手前にあるエアロックから、細長くて白いクモのようなユッカ・サラスティが出てきた。

サラスティが人間だったら、おれはひと目で本性を見破っていただろう。トポロジー全体から殺人者のにおいをぷんぷんさせていたはずだから。犠牲者の数は見当もつかない。罪の意識というものがまったくないのだ。たとえ百人殺していても、サラスティからは虫を一匹殺した程度の罪悪感しか感じ取れない。罪の意識は蠟の上を転がる水滴のように、サラスティの身体から転がり落ちてしまう。

だが、サラスティは人間ではなかった。まったく別の生物であり、人を殺すのも、彼が捕食動物だということを示しているにすぎなかった。生まれつきそういう行動をするようになっているのだ。実際にやったのかどうかは、彼とミッション・コントロールのあいだの問題だった。

まあ仕方がないってことになってるんだろう？　とは、口には出さない。ビジネスのための必要経費ってわけだ。あんたはこのミッションにどうしても必要だからな。取引したんだろう。あんたは頭が切れる。自分が必要じゃないなら、わざわざ捕獲して護送したりはしないと見抜いたんだ。自分に取引材料があることを最初から知ってたのさ。

そうじゃないか、ユッカ？　世界を救ってくれるなら、あんたの手綱を握ってる連中はよそ見をしててくれるってことだ。

子供のころ、ジャングルの猛獣が一睨みで獲物を動けなくするという話を読んだことがあった。ユッカ・サラスティに会ってはじめて、それがどんな感じなのかわかった。だが、今のところサラスティはおれを見ていない。自分のテントを張るのに集中しているし、たとえおれの目を見たとしても、こっちから見えるのは黒いヴァイザーだけだ。人間を怯えさせるので、いつもそれをつけている。おれが近くの手すりをつかんでそばをすり抜けても、まるっきり無視していた。

それでも、やつの息は確かに生肉のにおいがした。

ドラムの中に入る（ドラム後部の生体医療ポッドは独立したベアリングを持ち、別個に回転させることもできる）。おれはシリンダーの中心を十五メートルほど滑空した。〈テーセウス〉の脊髄神経はシリンダーの軸を中心に走っており、露出した神経叢（そう）と配管が両側の梯子に固定されている。そこを過ぎると、スピンデルとジェームズが設置したテントが左右の隅に立っていた。スピンデルがおれの肩のそばを通過した。まだ裸のままだがグラヴをはめており、その指の動きで、彼の好きな色が緑だとわかった。やつはドラムのまわりに配置された、どこにも通じていない三つの階段の一つに着地した。狭くて急な階段が垂直に五メートル、デッキから中空に伸びている。

次のハッチをくぐると、ドラムの前面の壁の中心だった。配管や導管は左右の隔壁の下にもぐり込んでいる。おれは手すりをつかんで勢いを殺し――またしても痛みに顔をしかめ――滑空してそこを通過した。

T字路。脊髄通路はまっすぐに伸びているが、そこから細い通路が分岐して、船外活動（EVA）用の小部屋とその先のエアロックに続いている。おれはそのまま直進し、納骨堂に戻った。棺は鏡のようにきらめき、深さは二メートル足らずだ。からになったポッドは左のほうに、蓋が閉まっているのは右のほうに集まっている。替えがきかないので交代要員を連れてきているのだが、彼らはまだ何も知らずに眠りつづけている。そのうち三人とは訓練でいっしょになった。できればすぐにまた顔を合わせるようなことにならないといいんだが。

ただし、右舷の未開封ポッドは四つしかない。サラスティに交代要員はいないからだ。

次のハッチ。今度のは少し小さい。どうにか通過すると、そこがブリッジだ。弱い照明、暗いガラスの表面で音もなく明滅するアイコンや文字列のモザイク。ブリッジというよりはコクピット、それもかなり狭いやつだ。出たところは二つの耐加速シートのあいだで、どちらもU字形に配置された操縦装置や表示装置に囲まれている。これは本来、誰も使わない予定の設備だった。〈テーセウス〉は完全な自動操縦が可能で、それがだめになっても、おれたちのインレイ経由で操縦できる。それさえできないという場合は、まず間違いなく、すでに全員死んでいるだろう。それでもなお、そうならない確率は天文学的だが、船のすべての機能がだめになったあと、生き残った一、二名が手動操縦で帰還できるようにしてあるのだ。

その操縦席の足もとに、設計者は最後のハッチと最後の通路を設置した。そこから〈テーセウス〉の船首の観測ドームに出られる。おれは肩をすぼめ（腱がきしんで文句を言ったが）、身体を押し込んで――

――闇の中に出た。二枚貝の形状のシールドが、まるで上下に開くまぶたのようにドームの外側を防護している。左手側にあるタッチパッドの上で、アイコンが一つだけ、静かに光っていた。脊髄通路から漏れてくるかすかな光が窪んだ小部屋に迷い込み、ぼんやりと指を照らしている。目が慣れてくると、ドームが青と灰色の弱い光の中に浮かび上がった。淀んだにおいのする隙間風が隔壁から垂れ下がった固定ネットを静かに揺らし、おれは喉の奥にオイルと機械の味を感じた。バックルが風に揺れ、劣化した風鈴のような音を響かせた。

手を伸ばしてドームのクリスタルに触れてみる。クリスタルは二層になっていて、あいだに暖かい空気を吹き込み、冷気を遮断している。だがそれでも完全ではなく、指先がたちまち冷たくなった。

すぐ外は宇宙なのだ。

たぶん本来の目的地に向かう途中、〈テーセウス〉は何かに怯え、太陽系の外に飛んで逃げた。もしかすると逃げたのではなく、追いかけたのかもしれない。おれたちが全員死の床に就き、そのあと天国から戻ってきても、まだ追いつけずにいる何かを。その場合……

おれは手を伸ばし、タッチパッドに触れた。どうせ何も起きないだろう、となかば高をくくっていた。〈テーセウス〉の舷窓をロックするのは、通信ログをロックするのと同じくらい簡単だ。だが、ドームはすぐにおれの目の前でシールドを開きはじめた。シールドが滑らかに船体に収納されるにつれ、細く筋が入り、三日月になり、ついにはまぶたのない目が大きく見開かれる。おれは本能的に固定ネットにしがみついた。突如あらゆる方角に、容赦のない虚無が広がったのだ。つかまるものといえば、直径四メートルほどの金属板くらいしかない。

どっちを向いても星ばかりだ。あまりにもその数が多いので、なぜ空がこんなに暗いのか理解できないくらいだった。星々と、そして——

——ほかには何もない。

何を期待してたんだ？　おれは自分を揶揄した。異星人の母船が船首右舷にでも引っかかってると思ったか？

だとしても、何がいけない？　何かを求めてここまで来たのだ。

少なくとも、ほかの連中はそうだ。どこで倒れることになるにせよ、必要な人材だった。

おれは自分の立場が少し異なることに気づいた。おれの有用性は距離とともに低下していく。

そしてここは故郷から半光年以上離れていた。

暗いからこそ、星が見える。

――ラルフ・ウォルドー・エマーソン

光が降ってきたとき、おれはどこにいた？

おれは天国の門を出て、一人の父親を悼んでいた――少なくとも本人の意識では、まだ生きている父親を。

あれはヘレンがカウルの下に消えてから、ほんの二カ月くらいのときだった。とにかくおれたちの計算では二カ月だ。ヘレンの視点からは、一日かもしれないし、十年かもしれない。仮想全能者はほかのあらゆることと同じく、時計も主観的に設定する。

ヘレンは戻ってこようとしなかった。ただ頬を張るのにも等しい条件下で、夫と会うことを望んだ。夫は文句を言わず、妻が認める限りの頻繁さで会いにいった。週二回が週一回になり、二週間に一回になった。結婚生活は放射性物質の崩壊のように指数級数的に崩壊し、それでも夫は妻を求めつづけ、その条件を受け入れた。

光が降ってきた日、おれは母のところで父と落ち合った。肉体を持つ母を最後に目にする、特別な日だった。二カ月のあいだ、母の肉体は五百人の新規の昇天者とともに安置室に横たわり、近親者に公開された。もちろん、インターフェースがいつもよりリアルというわけではなく、肉体が話しかけてくるわけでもない。ただ、温かい生身の身体がそこにあり、糊のきいた清潔なシーツも本物だというだけだ。ヘレンの顔の下半分がカウルの下に見えたが、目や耳はヘルメットに隠れていた。触ることもできる。父は何度も触っていた。遠くに存在する母の一部も、それを感じたかもしれない。

だが、いつかは誰かが棺を覆い、肉体を処理しなくてはならなかった。新来者のために場所をあける必要がある。だからこうして最後の日に、母のそばにやってきたのだ。ジムはもう一度母の手を取った。これからも母の世界で、母の条件でいつでも会えるが、肉体はその日のうちに保管施設に積み上げられる。これが意識のある肉体だったら、そんなふうに扱うことはできない。放置はしないと確約されていた――筋肉は電気的に運動させ、関節を曲げ伸ばしし、栄養も与えられる。天国がいつか何らかの、思いもよらない異変に見舞われたとき、兵士として呼び戻せるように。元に戻すことはいつでもできると言われた。それでもなお――昇天した者はあまりに多く、もっとも深い地下墓地でさえ、永遠に管理できるわけではない。四肢切断の噂はつねにあった。最適収容アルゴリズムに従って、不要な部位から切り落としていくというのだ。ヘレンも来年には両腕と両脚を失い、再来年には頭部だけになっているのかもしれない。あるいはおれたちがビルを出もしないうちに、もう脳だけにされているかも。そうやって最後の技術的ブレイクスルーが〝偉大なデジタル・アップロード時代〟の到来を告げるのを待つのだ。

もちろん、噂は噂でしかない。おれ個人は、昇天したあと戻ってきた人間を見たことがなかった。だが、どうして戻ってきたりする？　ルシファーだって、追放されるまで天国から出ようとしなかったんだ。

パパは何か知っていたかもしれない──普通の人が知るべきではないことを、たいていの人よりよく知っていたから。それでも、軽率に何かを漏らすようなことはなかった。何を知っていたにせよ、そのことを話してもヘレンの決意は変わらないと考えたのだ。パパはそれでじゅうぶんだったんだろう。

おれたちは非配線者用の一日パスを兼ねたフードをかぶり、母が訪問者用に想像した簡素な面会室に入った。窓はなかったので、母が自分のためにどんなユートピア環境を構築したのかはわからなかった。面会者の違和感を最小限にするよう設計された、できあいの面会環境さえ設定していない。そこは直径五メートルの、飾り気のないベージュ色の球体の中だった。母の姿以外のものは何もない。

あの人の考えるユートピアは、ここととそう違わないのかもしれないとおれは思った。

父が微笑した。「ヘレン」

「ジム」その姿はベッドに横たわっていた肉体よりも二十年若かったが、それでもおれは肌が粟立った。「シリ！　あなたも来たのね！」

母はいつもおれを名前で呼んだ。〝おまえ〟なんて呼ばれたことはない。

「まだここのほうが幸せなのか？」父が尋ねた。

「すばらしいところよ。いっしょにいられたらよかったのに」

ジムはまた微笑した。「誰かがこっちで明かりを灯しておかないとな」

「これがお別れじゃないのはわかっているでしょ。いつでも会いにこられるわ」

「内装を何とかしてくれたらな」それはジョークではなく、嘘だった。母に呼ばれたら、割れたガラスの上を裸足で歩かなくてはならなくても、父は飛んでくるだろう。

「チェルシーにもよろしく伝えて。いろいろあったけど、また会えたら嬉しいわ」

おれは横から口をはさんだ。「チェルシーはもういないんだ、ヘレン」

「ええ、でも、連絡は取り合っているわよね。あなたには特別な人だった。もういっしょに住んでいないからって、あの人が――」

「そうじゃなくて――」

おれはある可能性に気づき、はっとして言葉を切った。二人には話していなかったかもしれない。

「おまえ、ちょっと席をはずしてくれないか」ジムが静かに言った。

一生そうしててくれても構わない。おれはフードを脱いで安置室に復帰し、ベッドの上の母の肉体と、長椅子の上でデータ・ストリームに向かって無意味な甘い言葉をささやく、目の見えない硬直した父の身体を見比べた。二人には勝手にやらせておけばいい。二人がいいと思う方法で、いわゆる婚姻関係ってやつに最終的にけりをつければいいんだ。もしかしたら、今度ばかりはお互いに誠実になれるかもしれない。それ以外のすべてが嘘である別の世界で。もしかしたら。

どっちにしても、おれはその目撃証人になりたいわけじゃなかった。

そうはいっても、このまま帰ってしまうのは礼儀に反する。最後にもう一度だけ家族の一員の役を演じ、いつもの嘘に付き合うことにした。そんなことで何も変わらないのは全員わかっているが、台本を無視してほかの誰かを嘘つき呼ばわりする者もいないはずだ。最後に――〝さよなら〟ではなく〝じゃあまたね〟と言うように気をつけて――おれたちは母親のもとを立ち去った。

おれは母親をハグするあいだ、吐き気を最後まで抑えきった。

闇の中から外に出ると、ジムは手に吸入器を持っていた。おれは無駄だと知りながら、ロビーを横切るとき、父がそれをごみ箱に放り込んでくれることを願った。だが、やはり父はそれを口にくわえ、欲しくもないバソプレシンを噴射した。

エアロゾル中毒のようなものだ。「もう必要ないんだろ?」とおれは尋ねた。

「まあそうだな」

「どのみち効果はないよ。そこにいもしない人間に影響を与えることなんてできない。どれほどホルモンを吸入したって。それは単に――」

ジムは何も言わない。おれたちは乱入しようとする現実主義者(リアリスト)を警戒する警備員の銃口の下を通過した。

「あの人はもういないんだ。パパがほかの人を見つけたって気にしない。むしろ喜ぶよ」それでおあいこだと思うだろう。

「あれはわたしの妻だ」

「昔はどうだったかなんて関係ないよ。昔から関係なかったんだ」

父は小さく笑みを浮かべた。「わたしの人生だからな。それで満足なんだ」

「パパ――」

「あれを責める気はない。おまえもそうしてくれ」

父がそう言うのは簡単だ。何年にもわたって母が父に与えつづけてきた心の傷を受け入れることも。こうやって最後を楽しげに見せかけても、父が生涯ずっと耐えてきた棘々(とげとげ)しい言葉の埋め合わせにはほとんどならない。〝何カ月も姿を消して、わたしがどれほど大変だったと思うの？　誰といっしょにいるのか、何をしているのか、そもそも生きているのかと心配しつづける気持ちがわかる？　あんな子を一人で育てる苦労をどう思ってるわけ？〟

母はあらゆることを父のせいにし、父はそのすべてを穏やかに受け入れた。全部嘘だとわかっていたからだ。口実にしているだけだと。母が去ったのは、父が無断でいなくなったからでも、浮気をしたからでもない。父とはまったく関係のない理由……おれがその理由だった。ヘレンがこの世界から立ち去ったのは、自分の息子に取って代わった存在を見るのが耐えられなくなったからだ。

もっと追及してもよかった――父が現実を直視するよう食い下がってもよかった――が、おれたちはもう天国の門を出て、煉獄の通りを歩いていた。歩行者たちは誰もが驚きのつぶやきを漏らし、口をぽかんと開けて空を見上げていた。おれは人々の視線を追い、タワービルのあいだの薄暮の空に目をやって、ぽかんと口を開けた――

星が降っていた。

星座がみずからを再配置し、輝く尾を引く明るい光点でできた格子に整列しなおしたかのようだった。まるで地球全体に網をかけ、その結び目の一つ一つにセントエルモの火を灯したようだ。美しかった。ぞっとするほど。

おれは遠距離の感覚を較正しようとするように目をそらし、この行儀の悪い幻覚に静かに退場するチャンスを与えてから、車のライトをハイビームにするように目を凝らした。その瞬間、吸血鬼の姿に気づいた。女だ。まるで狼の祖先が羊の皮をかぶって歩いているかのようだった。吸血鬼を街路で見かけることはめったにない。おれも現物を見たのははじめてだった。

その女は道を隔てたビルからちょうど出てきたところだった。ほかの者たちより頭一つ背が高く、深まる闇の中で、その目は猫の目のように黄色く輝いていた。見ていると、やはり何かがおかしいと気づいたようだ。周囲を見まわし、ちらりと空を見上げて――そのまま歩きだした。あたりの家畜どもには目もくれず、彼らを釘づけにしている天の事象も気にする様子はない。全世界がたった今ひっくり返ったという事実に、まるで無関心だ。

ときにグリニッジ標準時間二〇八二年二月十三日、午前十時三十五分のことだった。

彼らは拳のように世界を握り込んだ。一つ一つは事象の地平線の内側のように黒かったが、最後の瞬間に全部がいっせいに、明るく燃え上がった。彼らは死にながら叫び声を上げげた。静止衛星まで含めてすべての衛星通信が同時に悲鳴を上げ、すべての赤外線望遠鏡が一瞬だけ盲目になった。そのあとは何週間も、灰が空を覆いつくした。灰はジェット気流の上の中間圏に雲のように漂い、日の出とともに毎日、赤錆色に輝いた。どうやら大部分が鉄だったらしい。どうすればいいのかわかっている者はどこにもいなかった。

たぶん歴史上はじめて、知らされる前に全世界がニュースを知っていた。空を見れば大事件だとわかる。報道機関は現実を濾過して伝えるといういつもの役割を奪われ、単に名前をつけるだけで満足するしかなかった。彼らの呼び名は九十分で〝ホタル〟と決まった。その三十分後には、最初のフーリエ変換の結果がヌースフィアにアップされた。誰も驚きはしなかったが、ホタルは最期の一声を無駄にはしていなかった。断末魔の合唱にはあるパターンが埋め込まれていたのだ。その謎の信号は、地上の分析をことごとくはねつけた。どこまでも経験主義者の専門家たちは、推測を口にしようとしなかった。ただホタルが何かを〝言った〟と認めただけだ。何と言ったのかはわからない。

専門家でない者たちは誰もがわかっていた。六万五千五百三十六個のプローブを緯線に沿って均等に配置し、地上を一平方メートル単位で網羅したのだ。ほかにどんな説明がつく？ ホタルはおれたちの写真を撮ったに決まっていた。地球はすっ裸にされ、パノラマの静止画を撮影されたのだ。おれたちは調査された——正式な自己紹介のためか、侵略戦争のためかは誰にもわからないが。

父ならもっと事情に詳しい人間を知っていたかもしれないが、そのときにはもうとっくに姿を消していた。何かあるといつもそうだ。何か知っていようといまいと、おれを一人で放り出し、ほかのみんなといっしょに答えを探させる。

推測は枚挙にいとまがなかった。ヌースフィアでは、ユートピア的なものから黙示録的なものまで、ありとあらゆる憶測が飛びかった。いわく、ホタルたちは致死性の細菌をジェット気流に放出した。ホタルは世界を観光していった。イカロス衛星網を改造し、異星人に対する最終兵器として利用することになった。イカロス衛星網はすでに破壊された。異星系からやってくる敵も光速度の限界は超えられないから、時間はまだ数十年ある。生体戦艦がすでに小惑星帯を越え、一週間以内に地球を燻蒸（くんじょう）するので、われわれはあと数日の命だ。

　誰もがそうだったが、おれも恐ろしい推測や噂をいっしょになって流した。人の集まる場所に出かけて、他人のさまざまな意見にどっぷりとひたったりもした。とくに目新しいことはなかった。おれ自身、異星の行動生物学者のように、世の人々の行動を観察し、パターンやプロトコルを収集し、自分が人間社会に溶け込むためのルールを学んできたのだ。今まではそれでつねにうまくいった。ところが、現実の宇宙人の存在が、この方程式の動きを変化させてしまったようだった。ただ観察するだけではうまくいかない。新たな外部集団の存在により、おれ自身が手術前に押し戻されてしまったかのようだった。自分と世間のあいだの距離感がどこか強制されたものに思え、微妙な狂いが生じたように感じられた。

　それでもおれには、それをどう修正すればいいのかわからなかった。

　チェルシーはいつも、テレプレゼンスは人間関係から人間性を奪ってしまったと話していた。「見分けなんかつかない、家族が目の前にいて寄り添っているのと同じで、見えるし触れるしにおいもするというけど、そうじゃないの。それは洞窟の壁に映った影でしかない。もちろんその影はフルカラーの3Dで、フォースフィードバックによる触覚の相互作用もある。文明化された脳は騙されてしまうわ。でも心の底では、それが人間じゃないとわかってる。なぜそう感じるのか、明確に指摘はできないけどね。ただ本物だと感じられないの。何が言いたいかわかる？」

おれにはわからなかった。当時は彼女の話を実感する手がかりがなかったのだ。だが今なら、誰もがふたたび洞窟に隠れ、岩棚の下にうずくまっている。電光が空を引き裂き、一瞬の閃光の中でもほとんど姿をとらえられない巨大な不定形の怪物が、周囲を押し包む闇の中で咆哮し、暴れまわっている。孤独にはどんな慰めも存在しなかった。インタラクティヴな影との触れ合いで慰めは得られない。本当にそばにいて、しがみつくことのできる誰か、同じ空気を吸って、恐怖と希望と不安を分かち合える誰かが必要だった。

おれはプラグを抜いた瞬間に消えてしまったりしない仲間の存在を想像してみた。だが、チェルシーは去り、パグもそのあとに続いた。それ以外に呼び出せるわずかな人々——共感のまねごとがとくにうまくいった同僚や顧客——には、そこまでする価値があるとは思えなかった。血と肉には現実との独自の関係性がある。それは必要なものだが、それさえあればじゅうぶんというわけではなかった。

距離を置いて世界を見ていて、ようやく思い当たった。今ならチェルシーの話していたことがよく理解できる。色褪せた人間性や、仮想空間との空虚な相互作用に関する、反機械主義的な不平の意味が。ずっとわかっていたのだ。

おれにはただ、それが現実の生活とどう異なるかがわかっていなかっただけだった。

自分が機械だと想像してみてくれ。

ああ、わかってる。でも、自分は違う種類の機械、盲目的で行き当たりばったりの自然選択ではなく、特定の目的にしっかりと目を据えた技術者と天体物理学者が設計した、金属とプラスティックでできた機械だと想像するんだ。自分の目的は生殖ではなく、生存ですらなく、情報収集なのだと。

おれは簡単に想像できる。普段やろうとしている演技よりずっと単純なまねごとだ。

おれは海王星軌道の外側の深淵を飛んでいる。可視スペクトルで観察している者にとっては、ほとんどの時間、見えないことによって見えている存在だ。星明かりをさえぎる非対称形の黒い影。だがときおり、緩慢な無限の回転の途中、かすかな星明かりを反射して光ることがある。そんな瞬間をとらえたら、おれの本質がいくらかわかるかもしれない。アルミフォイルの外皮をまとったセグメント構造体で、ジョイントやパラボラや、紡錘(ぼうすい)形のアンテナでふくれ上がっている。あちこちで霜がジョイントや継ぎ目に堆積しているはずだ。たぶん木星近傍の空間で、凍結したガスにでも触れたんだろう。ほかにも顕微鏡レベルでは、地球のバクテリアの死骸が付着している。宇宙ステーションの表面や温暖な月面でなら放っておいても生きているが、太陽からの距離が今の半分くらいのあたりで、すでに結晶化してしまっている。絶対零度をほんのわずかに上回るだけの現状では、陽子がぶつかっただけで砕けてしまうはずだ。

だが、少なくともおれの心臓部は温かい。胸郭の中では小さな核の炎が燃えており、周囲の冷たさに無頓着でいられる。大きな事故でもない限り、千年は消えない炎だ。おれは千年のあいだ、ミッション・コントロールのかすかな声に耳を澄まし、やれと言われたことをすべてやる。今までは彗星を調査しろと指示されていた。これまでに受けた指示はすべて、曖昧さを残さないよう入念に推敲（すいこう）され、おれの存在理由にぴったり合ったものばかりだった。

だからこそ、最新の信号には困惑している。まるで意味をなさないのだ。周波数はずれているし、信号強度も弱い。ハンドシェイクのプロトコルさえ理解できず、説明を求めたほどだ。

返信はおよそ千分後に届いたが、それはこれまでに例のない、指示と情報の要求がごちゃ混ぜになったものだった。おれはできる限りの回答を送信した。はい、この姿勢がもっとも信号が強くなります。いいえ、これはミッション・コントロールに送信する際の通常の姿勢ではありません。はい、再送信は可能です。すべて再送信しました。はい、スタンバイ・モードに移行します。

おれは次の指示を待った。八百九十三分後にまた連絡があり、ただちに彗星の調査を中止するよう指示された。

おれは九十四秒以内に制御された前方宙返りをこなし、三軸すべてに沿ってアンテナを五度きざみに動かさなくてはならなかった。おれを混乱させたのと同じような通信がまたあった場合に備え、信号がいちばん強くなる姿勢を探り当て、一連のパラメーターを導き出さなくてはならない。ミッション・コントロールに信号を再送信することも求められている。

おれはすべて言われたとおりにした。長いこと応答はなかったが、おれはきわめて忍耐強く、退屈とは無縁だ。やがておなじみの信号が求心受信網をかすめ、おれは信号を取得して発信元を探った。その種の装備はそろっている。海王星軌道の外側、カイパー・ベルト内にある彗星の一つで、直径約二百キロメートル。そこから四・五七秒間隔で、波長二十一センチのタイトビーム通信が送られている。送信の方角はミッション・コントロールの座標とはかけ離れており、まったく別の目標に向けられたものだ。

この情報に対するミッション・コントロールからの応答はいつもより時間がかかった。ようやく届いた指示は、コースの変更だった。新たな目的地はバーンズ＝コールフィールド彗星。残存燃料と慣性を勘案すると、到着には三十九年ほどかかる。

それまではとくに見るものもなさそうだった。

おれはずっとカーツワイル研究所と契約していた。最先端のサヴァンの分派の一つで、彼らは量子グリア細胞のパラドックスを解消するめどがついたと確信していた。この障壁のせいで、ＡＩ研究は何十年も停滞したままになっている。そこさえ突破できれば、十八カ月後には最初の人格アップロードが可能になり、二年もすればソフトウェア環境で人間の意識を確実にエミュレートできると、専門家たちは断言していた。肉体の歴史は終わりを告げ、五十年前からずっと待機したままの、シンギュラリティへの道が開かれるはずだと。

ホタルの到来から二カ月後、研究所は契約解除を通告してきた。

おれはむしろ、そんなに時間がかかったことに驚いた。全世界の優先順位が一夜にしてひっくり返り、失われた主導権を埋め合わせるためにどんな極端な手段も辞さなかったため、人類は多大な損失をこうむっていた。欠乏を克服した輝かしい新経済体制のもとにあってさえ、これほどの大変動はいくつもの倒産を引き起こさずにはいなかった。深宇宙の施設はその遠さゆえに長らく安全だと考えられてきたが、突如として、遠いというまさにその理由から、もっとも攻撃されやすいものになってしまった。ラグランジュ点の居住区は未知の敵からの攻撃を想定し、防御設備を大改修することになった。火星周回航路の商船はすべて徴用され、武装して再配備された。何隻かは火星の制空権を保持するため軌道上に残り、それ以外はイカロス衛星網防衛のため、太陽のほうに向かった。

ホタルたちがそういう標的に一発の攻撃も仕掛けていないという事実は考慮されなかった。人類にはリスクを冒す余裕がなかったのだ。

もちろんおれたちは一丸となった。仮説上の優位を、何が何でも取り戻さなくてはならなかったのだ。国王や企業はナプキンの裏に借用書を殴り書きし、事態が収まったらきちんと返済すると約束した。そのあいだにも、二年後にはユートピアが実現するといった楽観論は影をひそめ、いずれハルマゲドンが始まるといった悲観論が主流になっていった。カーツワイル研究所もご多分に漏れず、急にほかの心配事で手いっぱいになった。

だからおれはアパートメントに戻り、グレンフィディッチの封を切り、頭の中に仮想ウィンドウをデイジー・チェーン配列した。さまざまなアイコンがさまざまな立場から、二週間前に賞味期限が切れた話題を議論していた。

不面目にも地球のセキュリティは

崩壊した。

通信衛星は破壊され、

何千人も死んだんだぞ。

被害は出てない。

たまたま衝突しただけ。

事故みたいなもんだ。

深宇宙だぞ。逆二乗則だ。
計算してみろ。

（誰がホタルを
送り込んだのか？）

（ホタルの望みは
何だろう？）

近づいてくるのが見えたはず。
なのにどうして――？

ステルスだったんだ！

みんなレイプされた！

あほか。
写真を撮られただけだろ。

どうして沈黙してるわけ?

月は問題ない。
火星も問題ない。

（ホタルは
どこにいる?）

どうして接触してこないのかな?

オニール宇宙ステーションにも
接触はない。

テクノロジーは
好戦性を暗示する！

（また来るだろうか？）

人類は攻撃なんかされていない。　まだな。
侵略なんかされてない。　今のところは。

（でも、どこにいるんだ？）
（戻ってくるだろうか？）
（なあ、誰か？）

ジム・ムーア　音声のみ
暗号化されています。
入室を認めますか？

テキスト・ウィンドウがおれの視野の中に、花が咲くように直接表示され、議論を覆い隠した。おれはメッセージを二度読みなおした。前に父が現場から連絡してきたのはいつだったろうと考えたが、思い出せなかった。

おれはほかのウィンドウを最小化した。「パパ？」

しばらくして応答があった。「やあ、元気にしてたか？」

「ほかのみんなと同じだよ。これが祝福なのか呪いなのか、まだ悩んでるところさ」

またしばらく間があった。「確かに大問題だな」

「何かアドバイスはない？　こっちにいると、基本的に何も情報が入らないんだ」

これは形だけの質問で、返事は期待していなかった。少しだけ待って、すぐにこう続ける。

「わかってるよ。ごめん。ただ、イカロス衛星網が破壊されたなんて噂があって――」

「悪いが何も――おっと」父は一瞬言葉を切った。「くだらん噂だ。イカロスは何ともない」

「そうなの？」

父は言葉を選んでいるようだった。「ホタルは気づきもしなかったのではないかな。オフになっていると粒子の痕跡を残さないから、そこにあるとわかっていて探さない限り、太陽のグレアに紛れてしまうんだ」

今度はおれが黙り込む番だった。この会話はどこかおかしい。

父は仕事に出かけると姿をくらましてしまう。家族に連絡してきたことなど、考えてみれば一度もなかった。

それに、オフのときも絶対に仕事の話はしない。イカロス衛星網が無事だろうと、ずたずたにされ、長さ千キロの破れた折り紙みたいになって太陽に投棄されようと、公式発表があるまでは何もしゃべらないはずだ。公式発表は――見出しウィンドウを更新して確認したが――まだなかった。

父は口数が多いほうではないが、しょっちゅう言葉を詰まらせたり、言い淀んだりするタイプでもない。なのに今回は、何か言う前にかならずためらっている。

おれはさりげなく会話を続けた。「でも、船は送ったんだろ?」と言って――時間を計測する。

一秒、二秒――

「用心しただけだろう。どのみちイカロスは点検時期を過ぎていた。車の買い替えを考える前に、まずはタイヤを点検するものだ」

応答には三秒近くかかっていた。

「月にいるの?」

間があった。「かなり近い」

「どういうことさ――どうしてそんな話を?　これって機密事項じゃないの?」

「いずれおまえにも連絡があるはずだ」

「チームのメンバーを集めている。ある種の……おまえが相手にできる者たちを」父はきわめて良識的な人間なので、復活種やハイブリッドの貢献について議論しようとはしなかったが、不信感を隠そうともしなかった。

「誰から？　何の連絡？」

「統合者が必要なのだ」

「それが家族にいたってことは幸運だと思わない？」

電波が届き、戻ってくる。「身内を贔屓（ひいき）したわけではないんだ、シリ。できればほかの誰かを選んでもらいたかった」

「会議の投票の結果ってこと――」

父はおれの言葉が虚空を渡る前に機先を制した。「おまえの能力を侮辱するつもりはないし、それはわかっていると思う。要するにおまえがいちばんふさわしく、これがきわめて重要な使命だということだ」

「だったらどうして――」おれは言いかけてやめた。父だっておれを西半球の研究所での仮説のやり取りから遠ざけたかったわけではないだろう。

「どういうことなのさ、パパ？」

「ホタルだ。わかったことがある」

「どんなこと？」

「無線信号だ。カイパー・ベルトから。それを追跡した」

「ホタルが話をしてるってこと？」

「われわれにではない」咳払いをする。「たまたま通信を傍受したんだ」

「誰に話しかけてた？」

「わからない」

「友好的に？　それとも敵対的に？」

「だから、わからないんだ。同じ暗号ではあるらしいが、それさえはっきりしない。わかっているのは位置だけだ」

「だからそこにチームを送るわけか」息子のおれを。カイパー・ベルトまで行った人間はいない。ロボットを送ったのさえ何十年も前のことだ。その能力がないわけではなかった。ただ、必要なものが全部、もっとずっと近くにそろっていただけだ。太陽系時代は小惑星帯で行き詰まっていた。

なのに今、太陽系の裏庭のいちばん遠くに何かがひそんで、虚無に向かって呼びかけている。送信先は別の恒星系かもしれないし、もっと近くかもしれない。太陽系に向かう途中の何かかも。

「無視していれば問題ないといった事態ではないんだ」父が言った。

「プローブはいるんだろう？」

「もちろんだ。だが、その報告を待ってはいられない。後続の派遣が大至急承認された。プログラムは途中でアップデートしていく」

父は何秒間か、おれが頭を整理する時間をくれた。まだおれが何も言えないうちに、さらに話を続ける。「わかってくれ。唯一の望みは、われわれがすでに向かっていることをバーンズ＝コールフィールド彗星側が知らないことだ。まだ可能性があるうちに、できる限りの情報を収集しなくてはならない」

だが、バーンズ＝コールフィールド彗星の発信源は自身の存在を隠してきた。無理やり自己紹介しようとする相手を歓迎しないかもしれない。

「おれが断ったら？」

信号の遅延時間からすると、火星でもおかしくない。

「おまえのことはわかっている。断ったりはしない」

「それでも、もし断ったら？　おれが最適任で、そんなに重要な仕事なら……」

答えるまでもなかったし、おれも問うまでもなかった。これだけの大事(おおごと)では、任務の中心的な要素について、選択などという贅沢が許されるはずもなかった。思いきって拒否してみたところで、子供っぽい満足感さえ覚えられないだろう――反抗心というのは呼吸と同じように機械的なものだ。どちらも正しい神経化学物質を与えることで、簡単にひっくり返せる。

「カーツワイルに契約を解除させたね？」やっとそう思い当たった。

「そんなことは氷山の一角だ」

しばらくは二人のあいだに緊張した空気がみなぎった。

「昔に戻ってやり直せるなら——おまえにしたことをなかったことにできるなら、今すぐそうしている」とうとう父がそう言った。

「ああ」

「もう行かないと。心の準備をさせてやりたかっただけだ」

「ああ、ありがとう」

「愛しているよ」

どこにいるんだ？　帰ってくるのか？

「ありがとう」おれはくり返した。「それがわかってよかった」


父がなかったことにできなかった、今のありのままのおれとは——

おれは最先端と行き詰まりをつなぐ橋だ。おれの立ち位置は、オズの魔法使いとカーテンの陰のペテン師の中間だ。

おれこそがカーテンなんだ。

まったくの新種というわけではない。おれの仕事のルーツは文明の曙(あけぼの)にまで遡(さかのぼ)るが、この祖先たちは今とは違う、あまり名誉あるものではない役割を担っていた。社会的安定という車輪に油を差していただけだ。不快な真実に砂糖をまぶし、空想上のお化けを政治的方便にふくらませる。それなりに必要不可欠な存在ではあった。どんながちがちの警察国家でも、市民すべてに対して四六時中暴力を振るいつづけることはできない。ミームを管理するほうが、やり方としてはずっと巧妙だ。知覚された現実に少し薔薇色を加味して反射させ、今とは違う社会は恐ろしいという伝染性の恐怖を植えつける。情報のトポロジーを回転させることを職務とする者はつねに存在するが、ほぼあらゆる歴史を通じて、彼らは情報の明晰さの増大にはほとんど関与してこなかった。

　新たな千年紀に入り、すべてが変化した。今やわれわれは自分自身を超越し、単なる人間の理解を超えた領域を探索している。ときにその輪郭は、通常空間においてさえ、われわれの脳では追いきれないほど複雑になる。あるいはその軸が、有史以前の草原で生殖と闘争をおこなうために設計された精神には理解できない次元に伸びていることもあった。人間はあまりにも多くのものに、あまりにも多くの方向から束縛されている。もっとも利他的で持続可能な哲学でさえ、自己保存のために絶対に必要な原始的な脳幹の前には敗北するしかない。巧緻でエレガントな方程式は量子世界の動きを〝予測〟するが、それを〝説明〟できる者はどこにもいない。四千年を経た今もなお、われわれは現実というものが、主観という夢見る心の彼方にまで広がっていることを証明できていないのだ。人間は人間自身の知性を超える偉大な知性を必要としていた。

だが、われわれはそういうものを生み出すのがうまくない。強制的に精神と電子を結合させると、見方しだいで成功と失敗のどちらにもなった。作り出されたハイブリッド知性はサヴァンのように聡明(そうめい)でいながら、自閉症的でもある。人間を人工器官につないで運動神経に肉体と機械を操作させ、過負荷のせいで指が痙攣(けいれん)したり舌がもつれたりすると、製作者たちはやれやれと首を振った。コンピューターが設計製造した次世代コンピューターはあまりにも賢く理解不能に成長し、認知症と判定するしかなかった。取り残された前世代のコンピューターにとっては、焦点のぼけた、見当はずれの存在だったのだ。

こうして出現した超越的な知性が人間の質問に答えを出すと、人間にはその分析が理解できず、結果を確証することもできない。出された答えをそのまま信じるしかなくなってしまう。

あるいは情報理論を使ってその答えを〝平坦化(へいたん)〟し、四次元立方体を二次元に、クラインの壺を三次元に落として理解することになる。現実を単純化し、この千年紀まで生き延びてきた何らかの神に祈って、自分たちがおそるおそる真実を歪曲(わいきょく)したために、負荷のかかったその主柱が壊れていませんようにと願うしかない。そしておれのようなやつを雇う。プロファイラーと立証助手と情報理論家の交雑種を。

公式には、おれは統合者と呼ばれる。世間ではジャーゴン屋とか、たわごと係とか呼ぶことが多いだろう。もしあんたがどこかのサヴァンで、苦労して発見した真理を市場占有率にしか興味のない無知な権力者に横取りされたり切り売りされたりしたことがあれば、モグラとかスパイとか呼ぶかもしれない。アイザック・スピンデルはおれを政治委員(コミッサール)と呼ぶ。親愛の情からだが、それ以上の含みもあった。

おれたちの選択が正しかったと思ったことは一度もない。もちろん選択を正当化する決まり文句なら眠っていても引用できるし、情報の回転トポロジーについて、あるいは意味論的な理解がいかに見当はずれかについてなら、いくらでもしゃべりつづけられる。だが、そんなことをいくら語っても、おれにはやはり確信がなかった。ほかのみんなもそうだと思う。たぶんこれは標的から実行犯まで全員がグルになった、壮大なペテンなんだろう。自分たちの作ったものが自分たちを超えてしまったと人類が認めることはありそうにない。向こうがどんな言葉でしゃべろうとも、おれたちの神官は身ぶりを読むことができる。神は彼らのアルゴリズムを山腹に刻みつけたが、その石板を大衆のもとに運んでいくのは昔ながらのおれなんだ。誰の脅威にもなりはしない。

たぶんシンギュラリティはもう何年も前に起きていたんだ。おれたちはただ、置き去りにされたことを認めたくないだけだったんだろう。

ありとあらゆる獣がここにやってくる。ときには悪魔も。
——イアン・アンダーソン「キャットフィッシュ・ライジング」

第三波、とおれたちは呼ばれた。長く暗い手続きを踏んで、全員が同じ船に乗り組む。最新のプロトタイプは予定よりも十八カ月早く、シミュレーターから強制的に卒業させられていた。今のような恐怖経済体制でなかったら、ここまで予定を前倒しした場合、国が四つと多国籍企業十五社が倒産していただろう。

第一波と第二波はいささか急いでゲートから出発していった。彼らの運命が判明したのはブリーフィングの三十分前、サラスティがコン・センサスに遠距離映像を流したときだった。おれは自分を大きく開いた。体験がおれのインレイにどっと流れ込み、頭頂葉（とうちょうよう）がすばらしく高精細の早送り映像であふれた。今でもそのデータは再生できる。記録した瞬間と同じように生々しく。おれはその場に存在できる。

おれは彼ら、第一波だ。

おれは無人機だ。使い捨てだ。チューンアップされ、丸裸にされた。先端に二台のカメラが固定されたテレマター・エンジンが叩き出す、肉をゼリーに変えるほどのGにも耐えられる。おれは喜々として闇の中に突進した。双子の兄弟は右舷百キロの位置にいる立体望遠鏡で、二基のパイ中間子推進器により、あわれな〈テーセウス〉だったらまだ火星軌道あたりを這い進んでいるころ、すでにここまで到達している。

だが今、船尾方向六億キロのところにあるミッション・コントロールは蛇口を閉め、おれたちを慣性飛行させた。問題の彗星が大きく見えてくる。灯台のように宇宙を信号で照らし出す、凍りついた謎の彗星。おれたちは原始的な感覚を動員し、無数の波長でそれを見つめた。

この瞬間のために生きてきたのだ。

妙な具合に揺れているのは、最近何かが衝突したせいだろう。傷痕も見えた――滑らかな氷の表面ににきびの痕がある。一度溶けて再氷結したのだ。おれたちのはるか後方にある、ろくに熱の届かない太陽の関与を疑うには、あまりにも最近のものだった。

天文学的にあり得ないことだ。純鉄の核を持つ彗星なんて。

おれたちがそばを通過すると、バーンズ＝コールフィールド彗星は歌を歌っていた。接近するおれたちを無視したように、通過するおれたちも無視している。歌は別の誰かに向けたものだった。いつかはおれたちもその聴衆に出会うかもしれないが。そいつらは前方に広がる不毛の荒野にいるんだろう。ミッション・コントロールはおれたちを振り返らせ、現実には捕捉できる希望もないのに、標的を観測させつづける。最新の指令が届いた。こっちの通信をノイズの中から、最後の一ビットまで拾い出したらしい。ミッション・コントロールの不満が、おれたちを手放したくないという思いが感じられた。一度か二度、推進力と重力を組み合わせ、もう少し長くここにいられないかと訊（き）かれたことさえあった。

だが、減速なんて軟弱なまねはできない。おれたちは星々を目指す。

バイバイ、バーンズ。バイバイ、ミッション・コントロール。バイバイ、ソル。

宇宙が熱死するときまた会おう。


慎重に標的に接近する。

第二波は三機だった――確かに前任者よりは遅いが、生身に縛られたどんなものよりも速い。大量の積み荷（ペイロード）を背負わされて、ほとんど全知全能といっていいくらいだ。電波から超ひもまであらゆる波長を監視でき、小型自律プローブは上が予想したあらゆる現象を測定できる。小さな生成ラインも積載しており、原子からさまざまな機器を製造して、予想外の現象にも対応が可能だ。原子は現場で捕捉し、その場で発生させたイオンと融合させて、船腹に推進剤と資材を蓄積する。

この余分な質量は行き足を遅くし、中間点での制動機動で速度はさらに落ちた。旅の後半は最初の推進でついた慣性との間断ない戦いだった。効率的な旅とは言えない。これほど急ぐのでなければ、まず適当なところまで速度を上げ、たぶんどこかの惑星を使ったスイング・バイでもう少し加速し、距離のほとんどを慣性飛行でこなしただろう。だが、今回は時間がなく、中間点まで加速しつづけ、そのあとはひたすら減速するという航程を取った。目的地で停止しなくてはならない。第一波のようにそばを通過するだけではだめなのだ。彼らは現場をちらりと見ただけだった。おれたちは詳細な地図を作成しなくてはならない。

責任は第一波よりも大きかった。

今、減速して周回軌道に入りながら、おれたちは第一波が見たものすべてを目にしていた。表面のにきびも、あり得ないはずの鉄の核も。歌が聞こえた。そこに——彗星の凍りついた表面のすぐ下に構築物が見えた。地質の中に浸潤した建造物が。まだじっくり観察できるほどには接近しておらず、レーダーでは粗(あら)すぎて細部がわからない。だが、おれたちは賢明だ。三機がそれぞれ距離を取って宇宙空間に展開している。三基のレーダーの波長を調整し、特定の一点で同調させると——三つのエコーがホログラムを形成し、解像度を二十七倍まで引き上げることができる。

計画を実行に移したとたん、バーンズ＝コールフィールド彗星の歌がやんだ。次の瞬間、おれは目が見えなくなった。

変調は一時的で、過負荷を補正するため反射的にフィルターがかかっただけだとわかった。

回線は数秒でオンラインに戻り、内部も外部もグリーンと診断された。仲間二機に手を伸ばし、同じ変調が起きて同じように回復したことを確認する。三機とも機能は完璧だ。突然の周辺イオン濃度の急上昇は、センサーの誤作動だろう。おれたちはバーンズ＝コールフィールド彗星の観測を再開しようとした。

一つ大きな問題があった。バーンズ＝コールフィールド彗星が消滅してしまったようなのだ……。

〈テーセウス〉に航行要員はいない——航法士も、機関士も、甲板磨きも。人間よりも小さな機械のほうが人間よりもうまく命令に従うならば、余分な肉体を乗せるのは無駄なだけだった。余った甲板員はほかの船の負荷重量にすればいい。非昇天者の一群が自分の命を有効に使っていると思いたいと言うなら、商業的優先度のみを基準に運用される船に乗せておけばいい。おれたちがここにいる唯一の理由は、ファースト・コンタクトのためのソフトウェアをまだ誰も最適化できていないことだった。太陽系の最外縁を越えて世界の運命を担っていく〈テーセウス〉に、自尊心の質量を積んでいく余裕はなかった。

こうしておれたちはここにいる。再加水され、きしむほど清潔になって。アイザック・スピンデルは異星人の研究のため。四人組（ギャング・オブ・フォー）——スーザン・ジェームズとその付帯人格たち——は異星人に話しかけるため。アマンダ・ベイツ少佐は、必要があれば戦うため。ユッカ・サラスティは全員を統率し、吸血鬼にしか理解できない多次元チェス盤の上で、おれたちをチェスの駒のように動かすため。

サラスティは全員を会議テーブルのまわりに配置した。テーブルはデッキの曲線に合わせて共用部で穏やかに湾曲し、床から一定の距離を保っている。ドラム全体は浅い凹面(おうめん)状で、脳が不注意だったり疲れていたりすると、魚眼レンズを通して見ているような錯覚に陥る。新生アンデッドのことを考慮して重力は五分の一Gに設定されていたが、それはほんの序の口だった。六時間後には二分の一Gになり、おれたちが回復したと船が判断するまで、二十四時間中十八時間はその状態が維持される。数日後には、無重力状態はごくまれな祝福になる予定だった。

光の像がテーブルの上にあらわれた。サラスティがデータを直接インレイに送ったのかもしれない——コン・センサスを通じてブリーフィングをおこなえば全員が同じ場所に集まる必要などない——が、全員が注意を払っていることを確認したいなら、一堂に会したほうがよかった。

スピンデルがおれのほうに顔を寄せ、陰謀めいた調子でささやいた。「それとも吸血鬼が餌を全員、一カ所に集めたかったのかもな」

サラスティに聞こえたかどうかはわからないが、少なくとも、おれに対してさえ、顔に出すことはなかった。サラスティは光の像の中心にある黒っぽい塊(かたまり)を指さした。目はヴァイザーに隠れて見えない。「オオアサ天体。赤外線放射源、メタン大気」

ディスプレイ上には――何もなかった。目的地は黒い円盤だった。その部分だけ星が存在しないのだ。実際の数値で考えるなら、質量は木星の十倍、赤道部が二十パーセントほどふくらんでいる。おれたちの進行方向の真正面だ。恒星にしては小さすぎ、遠くの恒星の反射にしては距離がありすぎ、巨大ガス惑星にしては重すぎ、褐色矮星にしては軽すぎる。

「発見はいつ?」ベイツは片手でゴムボールを握りつぶした。拳が白くなる。

「七六年のマイクロ波探査時にX線のピーク」ホタルの到来の六年前だ。「確認も再調査もなし。褐色矮星のねじれたフレアに似るが、これほどのピークを発生させる褐色矮星なら発見されるはず。空に発光現象もなし。国際天文学連合は統計ミスとの見解」

スピンデルの両眉が二匹のイモムシのように近づいた。「なぜ見解が変わった?」

サラスティはかすかに笑みを浮かべ、口を閉じたまま言った。「ニューズが――ホタルの到来以来、大混雑。誰もがびくびくして、手がかりを求める。バーンズ゠コールフィールド彗星の爆発後――」喉の奥でコッと音を立てる。「ピークの出現は準矮星天体によるらしいと判明。磁気圏のトルクがじゅうぶんなら、あのレベルのピークも生じる」

ベイツが尋ねた。「何がトルクを発生させる?」

「不明」

サラスティが背景情報を概説するにつれ、統計的推論がテーブルの上に層をなして積み重なった。全世界の半分の目がその方角に集中したが、徹底的な精査が実施されるまで、物体が姿をあらわすことはなかった。千枚もの望遠鏡写真が積み上げられ、数十回のフィルタリングを重ねて、ようやくノイズの中から何かが浮かび上がってきた。波長三メートル帯のすぐ下、不確定性の境界ぎりぎりのところに。長いあいだ現実とは確認できず、〈テーセウス〉が接近して観測するまでは確率論的ゴーストにすぎなかった。木星十個分の質量がある粒子としての量子だ。

地上の星図作成者たちは、それを〝ビッグ・ベン〟と呼んだ。発見は〈テーセウス〉が土星軌道をかろうじて越えたころだった。本来なら確認は不可能だったろう。バーンズ＝コールフィールド彗星に向かうどんな船でも燃料が足りず、長大なループを描いて引き返すしかなかったはずだ。だが〈テーセウス〉のうしろに薄く細くたなびく量子通信の尾は、太陽の近くまで届いていた。そこからわずかずつ燃料を補給できる。おれたちが眠っているあいだにコースが変わったが、イカロス反物質流は獲物を狙う猫のように船の動きを追いかけ、光速で燃料を補給した。

だからおれたちはここまで来られた。

「いちかばちか（ロング・ショット）でな」スピンデルが低い声で言った。

テーブルの向こうでベイツが手首を動かした。ボールがおれの頭の上を飛び、甲板に当たって（甲板ではなく手すりだ、とおれの中の何かが告げている）跳ね返った。「では、彗星は囮だったわけか」

サラスティはうなずいた。ボールはおれの頭上からふたたび視界に入り、脊髄神経束の陰に一瞬だけ見えなくなると、ドラムの弱い重力のせいで、本能的な感覚に反するとっぴな放物線を描いた。

「放っておいてもらいたがっているわけだな」

サラスティは指をまっすぐに伸ばし、顔をベイツのほうに向けた。「放っておいたほうがいいと？」

ベイツはそう言えたらいいのにと思っている。「いや、あの彗星を設置するには、多大な資源と努力が必要だったはずだと言っているだけだ。あれを建造した者たちは正体を隠したがっていて、それを実現するテクノロジーも持っていることになる」

ボールが最後にもう一度跳ね返り、共用部のほうに戻ってきた。ベイツはなかばシートから跳び上がり（瞬間的に宙に浮いて）、飛んできたボールをかろうじてキャッチした。その動きはまだ新生児のようにぎごちない。半分はコリオリの力のせい、もう半分は復活の後遺症だが、四時間であそこまで回復するのは大したものだ。彼女以外の人間はみんな、ようやく歩けるようになった程度だった。

「やつらにとっては、どうってことじゃないのかもしれないぜ？」スピンデルが考え込みながら言った。「ほんの片手間仕事なのかも」

「その場合、異星人嫌いなのかどうかという以前に、ずっと進歩した種族だということになる。そんな相手にむやみに突撃すべきではない」

サラスティはちらちらと揺れるグラフィックに向きなおった。「では？」

ベイツは回収したボールを指で揉みはじめた。「二匹めの鼠がチーズにありつく。カイパー・ベルトに投入されたのは最先端の無人機だったかもしれないが、われわれは盲目的に突っ込んでいくべきではない。別々のベクトルでプローブを送り込み、せめて相手が敵対的か友好的かわかるまで、接近は避けるべきだろう」

ジェームズがかぶりを振った。「敵対的な相手だったら、ホタルに反物質を詰め込んでいたはずよ。それとも六万の小さな物体なんかじゃなく巨大なのを一つ落として、衝撃で人類を一掃するとか」

「ホタルははじめての相手に対する好奇心のあらわれだろう」とベイツ。「その相手を気に入ったかどうかはわからない」

「彗星が囮だったって説そのものが間違いだったら？」

おれは驚いて振り返った。しゃべったのはジェームズの口だが、言葉はサーシャのものだった。

「隠れていたいなら、花火を打ち上げたりしないでしょ」サーシャが続けた。「誰も探してないなら、目くらましなんか必要ない。頭を低くしてれば探しにきたりはしない。それでも好奇心に勝てなかったら、スパイカメラを仕掛ければいいだけのことよ」

「探知される危険」吸血鬼が穏やかに指摘した。

「そうは言うけど、ユッカ、ホタルはまさに探知されずに――」

サラスティが口を開け、閉じた。並んだ歯がちらりと見え、がちんと音を立てた。テーブルの上のグラフィックがヴァイザーに映っている。目があるべき場所には虹色の光が躍っていた。

サーシャが黙り込む。

サラスティが先を続けた。「ホタルは隠密性を捨て、スピードを取る。人間が反応するとき、ホタルはすでに情報を入手」静かに、辛抱強く、満腹した猛獣が無知な獲物にルールを説明しているようだった。わたしの追跡が長引くほど、おまえたちが逃げおおせる希望は大きくなる。

だが、サーシャはすでに逃げおおせていた。表層が怯(おび)えた椋鳥(むくどり)の群れのように分散し、次にスーザン・ジェームズが口を開いたとき、しゃべったのはスーザン・ジェームズだった。

「サーシャも現状は理解しているわ、ユッカ。ただ、それが間違いだったらと心配しているのよ」

「ほかにおれたちがつけ込む余地はないかな?」スピンデルが言った。「別のオプションとか、長期保証とか」

「わからないわ」ジェームズが嘆息した。「ないと思う。ただ単に……妙なのよ。向こうが積極的にわたしたちをミスリードしようとするのが。むしろ相手はただ――その」言いかけて両手を広げる。「たぶん大したことじゃないわ。向こうは話をしたがってると思う。こっちが自己紹介のやり方さえ間違えなければね。もう少しだけ用心したほうがいいんじゃないかしら……」

サラスティはシートから立ち上がり、おれたち全員を見下ろした。「突入する。現状に遅延の理由はない」

ベイツは顔をしかめ、ボールをふたたび軌道に投入した。「現状でわかっているのは、行く手にオオアサ放射源があるということだけだ。そこに誰かがいるのかどうかもはっきりしない」

「いる。待っている」とサラスティ。

しばらくは誰もが無言だった。静寂の中、誰かの関節が鳴った。

「あの……」スピンデルが何か言いかける。

サラスティは顔を動かしもせずに片手を伸ばし、ベイツのボールを空中でつかんだ。「四時間四十八分前、〈テーセウス〉にレーダー探測あり。同じ信号を返す。応答なし。われわれが目覚める三十分前、プローブを射出。盲目的に突入はしない。待つこともしない。すでに見られている。長く待てば、対抗措置の危険が増大」

おれはテーブルの上の黒っぽい不定形の塊に目を向けた。木星よりも大きいのに、見ることさえできない物体。その影の中にいる何かは想像もできないほどの正確さで、こっちの鼻先をレーザーで叩いた。

対等の戦いにはなりそうもない。

スピンデルが全員の気持ちを代弁した。「前から知ってたのに、今になって話したのか？」

サラスティは歯を剝（む）き出し、大きな笑みを浮かべた。顔の下半分に裂け目が生じたかのようだった。

たぶん猛獣の性質なのだろう。獲物で遊ばないと気がすまないのだ。

外見の問題ではなかった。長い四肢、青白い皮膚、犬歯と頑丈な下顎――特異ではあるし異質な感じもするが、それを見ただけで不安になったり、怯えたりはしない。実は目もそうだ。犬や猫の目は闇の中で光るが、それを見て身震いすることはないだろう。

外見じゃない。問題は身のこなしだった。

たぶん反射神経の関係だろう。立ち姿さえ不気味に思える。カマキリの大きな前肢（まえあし）を見るようで、たとえ部屋の反対側にいても、その気になればおれを捕獲できるのがわかる。サラスティがおれを見ると――ヴァイザーに隠されていない裸眼の、あるがままの目に見つめられると――五十万年が溶けて消え去る。吸血鬼が一度絶滅したなどということは関係ない。

人間が自分たちの悪夢だったものを復活させ、使役するほどに進歩したという事実も……関係なくなる。遺伝子は騙(だま)されない。何を恐れるべきかを知っている。

もちろん、個人的に体験しないとわからないことだ。ロバート・パグリーノは吸血鬼に関する理論を分子レベルまで熟知していたが、あらゆる技術的な細部をすべて頭に叩き込んでいても、本当のところはわかっていなかった。

出発の前、あいつは電話してきた。おれは予期していなかった。通話許可者リストに記載されていない人物からの電話をブロックしたとソフトウェアに言われて、パグを登録していなかったことをはじめて思い出したくらいだ。チェルシーの一件以来、おれたちは話をしておらず、二度と声を聞くこともないだろうと思っていた。

だが、あいつはかけてきた。「やあ、人間もどき(ポッドマン)」パグは微笑んだ。休戦の提案だ。

「また会えてよかった」とおれは答えた。その状況ではそう応じるのが一般的だからだ。

「ニューズで名前を見たよ。ベースラインとしては大出世だね」

「それほどじゃない」

「ばかいえ。おまえは人類の守護者だ。未知の勢力に対する、最初で最後で唯一の希望だよ。目にもの見せてやったじゃないか」拳を握りしめ、おれの代わりに勝利を強調するように振りまわす。

〝目にもの見せてやる〟ことは、ロバート・パグリーノの人生の礎石だった。自分自身もそれを実践し、自然のままの生まれというハンディキャップを、改良と拡張と純然たる熱意で乗り越えた。余剰人類の数がかつてなくふくれ上がった世界において、おれたちは前時代に存在した地位をまだ保っていた——プロの職業人という地位を。

「じゃあ、吸血鬼が上司になるわけか」パグが言った。「火をもって火を制するってやつだな」

「訓練なんだろうと思う。本物に出会ったときのための」

パグは笑った。おれにはなぜだかわからなかったが、とりあえず笑みを返した。

あいつの顔が見られて、本当によかった。

「どんな連中なんだ？」

「吸血鬼のことか？　さあな。昨日はじめて、一人見ただけだから」

「それで？」

「何を考えてるのかわかりにくいな。まわりの状況を感知しているのかどうか、わからないことさえある。何て言うか……自分だけの小さな世界に閉じこもってるみたいで」

「ちゃんと気づいてるさ。吸血鬼は恐ろしいほどすばやいんだ。ネッカーの立方体の二つの見え方を同時に感知できるって知ってたか？」

専門用語だとぴんと来たのでサブタイトルすると、おなじみの線画がサムネイル表示された。

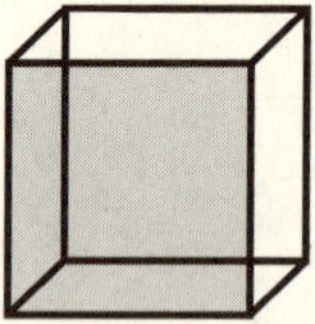

思い出した。古典的な二義図形だ。影をつけた面が前に見えたり、奥に見えたりする。見方しだいで変化するのだ。

「おれやおまえはどっちか一つにしか見えない。でも、吸血鬼は二つを同時に見ることができるんだ。どんな利点があるか想像できるか？」

「一つも思いつかない」

「あはは。でも、中立的な形質が少数の集団で固定したのは単なる偶然だ」

「十字架恐怖症を中立的と言っていいのかね」

「最初は中立的だったんだ。自然界に直角がいくつ存在すると思う？」パグは片手を軽く振った。「とにかく、要点はそこじゃない。神経学的におれたち人間には不可能なことが、吸血鬼には可能だってことが重要なんだ。多重世界を同時に見ることができるんだぜ、人間もどき。おれたちが一歩一歩理解していくしかない世界を、考える必要もなく、そのまま見ることができる。つまり、一から十億までのあいだの素数を考えるまでもなく全部知ってるやつなんて、ベースラインの人間には一人もいない。昔は自閉症の人間にそんなことができる例もあったそうだけど」

「話すとき、過去形を使わないんだ」おれは小声でつぶやいた。

「何だって？　ああ、あれか」パグはうなずいた。「過去を体験しないからな。吸血鬼にとって、過去はもう一つの現在なんだ。過去を思い出すんじゃなくて、生きなおすんだよ」

「トラウマ後のフラッシュバックみたいなもんか？」

「トラウマってことじゃないな」パグは顔をしかめた。「少なくとも本人にとっては」

「これが今のおまえのテーマなのか？　吸血鬼が？」

「なあ、もどき、吸血鬼ってのは履歴書に〝神経〟の文字があるやつら全員にとって、つねに最大級のテーマなんだ。おれは細胞構造学の論文を何本か書いただけさ。パターン照合レセプター、ソンブレロ配列、応報／無関係フィルター。基本的には目だな」

「なるほど」おれはためらった。「ちょっとぞっとするよな」

「まったくだ」パグは訳知り顔でうなずいた。「あの独特の輝きは、実に恐ろしいよ」思い出してあらためて実感したというように、首を左右に振る。

「見たことがないんだろう？」おれは推測を口にした。

「実物を？　見られるなら左のタマをやってもいい。どうしてわかった？」

「恐ろしいのは目の輝きじゃない。むしろ――」おれは適切な言葉を探した。「――身のこなし、かな」

「なるほど」少し間があって、パグが言った。「ついさっき会ってきたばかりってことか、ええ？　だから羨ましいんだよ、人間もどき」

「羨ましがるようなことじゃない」

「いいや。ホタルを送り込んだやつらに会えなかったとしても、おまえはすばらしい研究の機会に恵まれたというべきだよ――サラスティ、だっけ？」

「おれにそんな機会を恵まれても無駄にするだけだ。おれと神経学の関係なんて、自分の医療記録の中にしかないんだから」

パグは笑った。「とにかく、さっきも言ったとおり、おまえの名前をニューズの見出しで見て、二カ月後には出発するから、もうおまえからの電話を待ってやきもきしなくてもいいんだと思ったわけさ」

話をしたのは二年ぶりだった。「つながると思ってなかった。おれの名前は通話拒否リストに入ってるだろうと思って」

「そんなことないよ」パグは下を向き、黙り込んだ。「でも、チェルシーには連絡すべきだった」しばらくして、ようやくそう言う。

「ああ」

「チェルシーは死にかけてた。おまえは絶対──」

「時間がなかったんだ」

　嘘はしばらくその場にとどまっていた。

「とにかく」ようやくパグがふたたび口を開いた。「幸運を祈るって伝えたかっただけだ」

それもまったくの真実というわけではなかった。

「ありがとう。心強いよ」

「異星人のケツを蹴り上げてやれ。異星人にケツがあればだけど」

「こっちは五人なんだ、パグ。交代要員を入れても九人だ。軍団というわけじゃない」

「こういう慣用句は気分の問題さ。矛を収めろ。機雷がどうした。ヘビをなだめろ」

　白旗を掲げろ、とおれは胸の中でつぶやいた。

「忙しいだろうから、そろそろ──」パグが言いかけた。

「なあ、ちょっと付き合わないか。宇宙港でどうだ？　Qビットにはしばらく顔を出してないんだ」

「喜んで、もどき。ただ、おれは今マンコーヤなんだ。脳細胞の切り貼りのワークショップで」

「つまり、身体ごとってことか？」

「最新の研究でね。学会の伝統だよ」

「何てこった」

「とにかく、もう切るよ。話もできたし――」

「ありがとう」おれはもう一度そう言った。

「ああ、じゃあ、これで」ロバート・パグリーノが言った。つまりそういうこと。だからかけてきたのだ。

これが最後のチャンスだと思ったんだろう。


パグはチェルシーとの終わり方でおれを責めた。当然だ。おれが始まり方であいつを責めるのと同じことだ。

パグが神経経済学のほうに行った理由の一端が、子供時代の友達が目の前で〝人間もどき〟になったことだというのは間違いない。おれが統合者になったのも、まあ同じような理由だった。おれたちの道は分岐し、実際に顔を合わせることも少なくなった。だが、おれがパグの代わりに六人のガキども相手に暴力を振るってから二十年後も、ロバート・パグリーノはおれの唯一の親友でありつづけた。


「本気でもっと打ち解けなくちゃだめだぜ。おれ、オーヴン用のミトンをうまく使える女性を知ってるからさ」あるときパグがそう言った。

「人類史上最悪の比喩だな」

「まじめな話だって、もどき。おまえにぴったりだと思うんだ。釣り合いを取るために――おまえのとんがったところを、きっとうまく丸めてくれる」

「ごめんだね、パグ。その女も神経経済学者なのか？」

「神経エステティシャンだ」

「そんなものにまだ需要があるのか？」おれには想像できなかった。自分の神経系を社会の重鎮に似せることに、金を払うやつなんているのか？　社会の重鎮そのものが流行遅れだというのに。

「まあ、あまりないね。実のところ、ほぼ引退してる。でも腕は落ちていないはずだ。実に接触性に富んでるんだよ。相手と生身で関係を持つのが好きだったり」

「わからないな、パグ。それなら仕事だろう」

「おまえの仕事とは違うよ。最先端の合成物どもに比べたらずっと付き合いやすい、頭がよくてセクシーな、普通の女の子だ。生身で接触したがるのも変態趣味ってほどじゃなくて、ちょっとしたフェティシズムだよ。おまえの場合、セラピー的な効果もあると思う」

「セラピーが必要なら、セラピストのところに行く」

「実はそういう一面もあるんだ」

「そうなのか？」おれは思わずそう言っていた。「腕はいいのか？」

パグはおれを上から下まで眺めまわした。「そこまで腕のいいやつなんていないよ。そういうことじゃない。おまえたちなら馬が合うと思っただけだ。チェルシーはおまえが抱える対人関係の問題を知っても完全に引いてしまったりしない、めずらしい人間なんだ」

「気がついてないのかもしれないが、今どき対人関係に問題を抱えてない人間なんてどこにもいないぞ」パグだって例外じゃない。人口は何十年も減少しつづけている。

「婉曲に言ってるんだよ。人間との関係全般を嫌悪するおまえの性癖のことだ」

「おまえを人間と呼んだら婉曲に言ったことになるのか？」

パグはにやりとした。「それは話が違う。おれたちには歴史があるからな」

「願い下げだ」

「手遅れだよ。チェルシーはもう約束の場所に向かってる」

「約束って――とんでもないやつだな、パグ」

「そうとも」

そんなわけで、おれはベス&ベアの南にある宇宙港のラウンジに座っていた。明かりは落ち着いた間接照明で、シートの下やテーブルの端からぼんやりとあたりを照らしている。色彩は、少なくともこの午後は、明らかに長波長だった。ベースラインたちが赤外線でものを見ているような気分になれる。

おれは隅のボックス席にいる女にちらりと目を向け、観察した。細身の美人で、六つほどの民族の特徴が同居しているが、とくにどれかが目立つということはないようだ。女の頬で何かが光っていた。赤みがかった照明の中で、エメラルド色にきらめいている。髪は頭の上に広がる漆黒の雲だった。近づいていくと、その雲の中にときおり金属の輝きが見えた。静電気発生器の糸だ。それを使って髪を無重力下のような状態に保っている。血のように赤いその肌は、通常の明かりで見れば、雑種の人類にごく普通に見られるバタースコッチ色だろう。

確かに魅力的だったが、この照明の中で見れば誰だってそうだ。光の波長が長くなるほど、目の焦点はぼけてくる。売春宿が蛍光灯を使わないのには理由があるのだ。

こんなのに騙されちゃだめだ、とおれは自分に言い聞かせた。

「チェルシーよ」女が言った。小指をテーブルの供給器の一つに入れている。「もと神経エステティシャン、今は遺伝子と最新機器のせいで、肉体経済にパラサイト中ね」

頬の光がゆっくりと翼を広げた。タトゥーだ。それは生体発光する蝶だった。

「シリだ」おれは自己紹介した。「フリーの統合者、きみをパラサイトに追いやった遺伝子と機器の契約奉仕者だ」

チェルシーはあいているシートを手で示した。おれは腰をおろし、目の前のシステムを評価して、早急かつ社交的に立ち去るための最良のアプローチを模索した。肩の位置から、彼女がこの照明を楽しんでいて、そんな自分にとまどっていることがわかる。お気に入りのアーティストはモナハン。シナプス編集のほうが簡単なのに、ここ数年ずっと化学的にリビドーを制御しているので、自分を自然派の女だと思っている。自分自身の首尾一貫しないところを楽しんでいる節もあった。機器で思考そのものを編集する仕事をしていながら、回線越しのやり取りの影響は人間性を失わせるのではないかと疑ってもいる。生まれつき愛情深く、愛情を返されないことを恐れているが、そのために他人を愛することをやめるつもりは絶対にない。

おれを見て気に入ったと感じているが、そのことを少し恐れてもいる。

チェルシーがおれのテーブルの脇を指さした。そこにあるタッチパッドが血の色の照明の中、柔らかで不調和なサファイア・ブルーの光を放っていた。まるで指紋が浮かび上がっているようだ。「一服いかが？　水酸基を付加して調合してあるとか言ってたわ」

合成の神経系薬物は、おれにはあまり効果がない。脳の分量がもっと多い、一般人向けに調合されているせいだ。試しにパッドの一つに触れてみたが、ほとんど何も感じなかった。

「じゃあ、統合者なのね。理解できない人たちのことを、無関係な人たちに説明する仕事」

おれはキューに従って微笑した。「むしろブレイクスルーをなし遂げる人々と、そいつらから手柄を横取りする人々のあいだに橋をかける仕事だな」

相手は笑みを返した。「どういうふうにやるの？　前頭葉（ぜんとうよう）を最適化した人たちや復活種――つまり理解できない人たちを、あなたはどうやって理解するの？」

「他人なんてものはみんな理解不能だとわかってることが、とても役に立つ。自分の経験を提供するんだ」さあ、これでたいていの相手は少し引く。

だが、チェルシーは違った。受けたのだ。もっと詳しく訊こうとしているのがわかる。おれの仕事について尋ねようとしている。それは必然的におれについての質問につながり、その結果——

「仕事として他人の頭を配線しなおすのってどんなふうなのか、教えてくれないか」おれはさりげなく尋ねた。

チェルシーは顔をしかめた。その動きで頬の蝶が神経質そうに羽ばたき、羽根をきらめかせた。「やれやれ、相手をゾンビにでもするような言い方ね。たいていはちょっとした微調整よ。音楽や料理の好みを変えて、配偶者との相性をよくしたりね。いつでも完全に元に戻せるわ」

「薬は使わない？」

「ええ、脳は個人差が大きすぎるの。わたしたちがやる調整は本当に微妙だから。でも、マイクロ手術やシナプスの焼灼とはまるで違うわ。非侵襲的にどれだけの再配線が可能か知ったら、きっとびっくりするわよ。ある種の音を特定の順番で聞かせたり、幾何学と感情のバランスを計算した図形を見せたりして、次々に影響をカスケードさせるの」

「新しい手法なんだろうな」

「そうでもないわ。リズムや音楽が感情を動かすのも、基本的な原理は同じだから。わたしたちはアートを科学にしただけね」

「ああ、でも、いつごろからできるようになったんだ？」最近に違いない。この二十年以内だろう。

チェルシーは急に声を落とした。「ロバートからあなたの手術のことは聞いたわ。ウイルス性だったんでしょう？　まだほんの子供のころ」

パグには誰にも言うなとも何とも頼んでいなかった。何の違いがある？　どうせもう完治しているんだ。

それに、やはりパグにとって、それはおれではない別人の身に起きたことだった。

「詳しい仕様は知らないけど、聞いた限りでは、非侵襲技術でどうにかできたとは思えないわ。手術するしかなかったんだと思う」

気持ちを抑えようとしたが、できなかった。おれはこの女性が好きだ。

そのとき何かを感じた。なじみのない奇妙な感覚だ。脊椎が緩むような。背中に当たるシートの背もたれが、微妙だがはっきりと、急にそれまでより心地よく思えた。

「とにかく」おれが黙っているので、彼女は話題を変えた。「市場がどん底になってからはほとんど仕事をしてなかったの。でも、おかげで実際に顔を合わせて接触するっていう、自分の好きな形でやれるようになったわけ。わかってもらえるかしら」

「ああ、パグから聞いてる。きみは一人称で性交渉するそうだな？」

チェルシーはうなずいた。「わたしのやり方は古風なの。それで構わない?」

よくわからなかった。おれは現実世界では童貞で、これは文明社会の大多数の人々との数少ない共通点の一つだった。「原則的には構わないと思う。ただ……努力に対価が見合わないんじゃないのか?」

「そうでもないわ」彼女は微笑んだ。「現実の性交相手って、仮想イメージとは違うの。欲望や欲求をすべて備えていて、適当に編集することができない。そういうのはいやだ、不要だっていう人を責めるわけにもいかないわ。ほかの選択肢があるんだから。両親の世代がどうやっていっしょに過ごしたのか、ときどき不思議になるわね」

なぜいっしょに過ごしたのかは不思議に思うがね。身体がシートに深く沈んでいくようで、おれはまたしてもこの新しい奇妙な感覚に驚いた。さっきの一服はドーパミンを調整するという話だったから、たぶんそのせいだろう。

チェルシーが身を乗り出した。はにかむでもなく、媚(こ)びるでもなく、長波長光の薄闇の中、一瞬も視線をはずさない。彼女の肌はフェロモンと合成物質の入り混じった、レモンのような香りがした。「でも、いちどコツをつかんでしまえば便利なものなの。肉体の記憶は長いのよ。右手の指の下にパッドがないことに気づいてないでしょう、シリ?」

おれは左腕をわずかに伸ばし、人差し指でタッチパッドに触れていた。さらに見ると、右手もいつの間にか同じようにテーブルの上に伸びていて、人差し指が無意味にテーブルの表面を叩いていた。

　おれは右手を引っ込めた。「対称性のいたずらだな。意識してないと、いつの間にか左右が同じ姿勢を取っているんだ」

　おれは相手がジョークを言うか、片眉を上げるかするのを待った。チェルシーはうなずいただけで話を続けた。「あなたがはじめてだとするなら、わたしもそう。今まで統合者を相手にしたことはないの」

「ジャーゴン屋でいい。別に誇りには思ってない」

「自分の言うことを全部正確にわかっていなくてもいいのよ」彼女は小さく首をかしげた。

「じゃあ、名前から。どういう意味なの？」

　リラックスだ。つまりそういうこと。おれはリラックスしていた。

「知らない。ただの名前だ」

「それじゃだめよ。しばらくのあいだ唾液を交換するのなら、何か意味のある名前がなくちゃ」

　そういうことをするわけか、と認識した。おれが気づかないうちに心を決めていたらしい。ここでやめにして、それはいい考えじゃないと言い、誤解を詫びることもできた。だが、そうするとどちらも傷つき、罪悪感を覚えるだろう。だって、そもそも興味がないなら、どうしてここに来たりしたんだ？

チェルシーのことは気に入っていたし、傷つけたくはなかった。しばらくのあいだだけ、一つの経験だ、とおれは自分に言い聞かせた。

「あなたのことはシグナスと呼ぶわ」チェルシーが言った。

「白鳥？」稀少な生物だ。もっとひどい名前でもおかしくなかった。

チェルシーはかぶりを振った。「ブラックホールよ。白鳥座X - 1」

ああ、なるほど。暗くて重い物体で、光を吸い込み、出会うものすべてを破壊する。「まったくもってありがたいね。どうしてだ？」

「よくわからないけど、あなたにはどこか暗いものを感じるの」彼女は肩をすくめ、歯を見せて大きく笑った。「でも、魅力がないわけじゃない。わたしに一つ二つ調整させてくれたら、きっといい結果になると思うわ」

パグがあとになってやや申し訳なさそうに認めたところでは、おれはそれを警告と受け取るべきだったようだ。人生とは勉強だ。

指導者とは恐怖の感覚が発達していない夢想家で、
自分に不利な確率という概念を持たない人間である。

――ロバート・ジャーヴィク

探査機が軌道に降下し、ビッグ・ベンを観察した。おれたちは探査機を観察しながら数日遅れで降下した。ほかのことは何もしていない。システムがテレメーターの数値をインレイに送ってくるあいだ、ただじっと〈テーセウス〉の腹の中に座っている。絶対に必要な、替えのきかない、ミッションに不可欠の存在――最初のアプローチのあいだ、おれたちは船のバラストも同然だった。

レイリー限界（二つの光点を二つと認識できる最大の距離）を越えてビッグ・ベンに接近すると、〈テーセウス〉は乏しい放射スペクトルをじっと凝視した。おおいぬ座矮小銀河に由来するハロー――はるか太古に失われた銀河から、数十億年前にこの銀河系に漂流してきた残存物だ。おれたちは銀河系外からやってきた物体に接近しつつあった。

探査機が弧を描いて降下し、色分けした画像が送れるところまで近づいた。ビッグ・ベンの表面ではコントラストのはっきりした層がパフェのように渦巻いて、ダイヤモンドのような硬質な光を放つ星々と著しい対比をなしていた。何かがきらめいている。どこまでも続く雲の中に、かすかな閃光が見えた。

「雷かしら？」とジェームズ。

スピンデルがかぶりを振った。「隕石だ。あたりは岩だらけだろうな」

「色が違う」サラスティが言った。肉体的にはそこにはいない――自分のテントで船長と有線接続している――が、コン・センサスで船内のどこからでも参加できる。

外形計測の数値がおれのインレイに表示された。質量、直径、平均密度。ビッグ・ベンの一日は七時間十二分だった。散漫だが巨大な帯が赤道上空に形成されている。薄い輪ではなく、もっと太いトーラスだ。雲の最上層から五十万キロほど離れている。破壊された衛星の残骸、粉砕された残滓だろう。

「だから隕石だって言ったろ」スピンデルがにやりとする。

どうやらそのとおりらしかった。さらに接近していくと、閃光の多くが一瞬だけ大気を切り裂いて輝く短い線に見えてきた。両極の近くでは雲の塊の中にときおり電光が閃いていた。

弱い電波が波長三十一メートルと四百メートルでピークを示す。外の大気はメタンとアンモニアを主体にして、リチウム、水、一酸化炭素を豊富に含んでいた。そこから分かれて渦巻いている雲には、アンモニア、硫化水素、アルカリハロゲン化物なども見られる。上層には中性アルカリもあった。〈テーセウス〉からでさえこうした物質が確認でき、探査機はさらに微細な分析が可能な距離まで接近していた。探査機が見ているのはすでに円盤ではなく、赤と褐色の層が渦巻く暗い凸面状の壁だった。微量のアントラセンとピレンも検出されている。

無数の隕石の航跡の一つが、真正面に見えるビッグ・ベンの表面を焦がしていた。一瞬、その中心に小さな黒い核が見えたような気がしたが、そのときいきなり映像が乱れた。ベイツが小声で悪態をつく。すぐに探査機はスペクトルの中でいっそう甲高い声を上げ、映像が安定した。長波長の騒音の中で声が届かないため、レーザーを利用したのだ。

それでもまだときどき映像が乱れる。目標が百万キロ先でぐらぐら動きつづけていても、信号を届けるには何の支障もないはずだ。船と探査機はそれぞれ既知の放物線軌道を描き、任意の時間tにおける相対位置は確実に決定できる。だが、無数の隕石が作る雲が信号を攪乱し、ビームがつねに目標を見失いつづけるのと同じような状況を生み出していた。高温のガスが細部をぼやけさせる。完全に安定しきった映像でさえ、人間の目がきちんと輪郭をとらえられるかどうか疑わしいくらいだった。それでもだ。何かが、どこかがおかしかった。

薄れていくまぶしい光の中の小さな黒い核には、おれの心の原始的な部分が、自然なものとして受け入れようとしない何かがある――

映像がまた揺らめき、閃光と同時にまっ暗になって、とうとう復旧しなかった。

「プローブが燃えつきた」ベイツが言った。「最後の部分にピークがあった。パーカー・スパイラル（太陽の自転が作る螺旋状の磁場）にぶつかったような感じだが、それにしては稠密（ちゅうみつ）すぎる」

サブタイトルするまでもなかった。ベイツの顔を見ると、眉根に深い皺が刻まれていた。磁場の話をしているのだ。

「それは――」さらに続けようとしたとき、コン・センサスに数字があらわれた。一一・二テスラ。

「嘘だろ」スピンデルがつぶやいた。「間違いないのか？」

船の奥でサラスティが喉の奥を鳴らした。一瞬遅れて再生映像がアップされる。テレメーターの映像の最後の数秒が拡大され、ノイズを除去され、コントラストを強調されて、可視光から遠赤外線までの範囲で再生された。やはりあの黒い点が炎の中に見えていた。燃える雲の尾を引くそれは下の濃密な大気の層に跳ね返り、高度を上げた。炎の尾がたちまち消える。中心部で燃えていたものは燠火（おきび）となって、宇宙空間に戻っていった。物体の前部には巨大な円錐（えんすい）形の穴が口を開き、卵形の腹部からは小さなひれが突き出している。

ビッグ・ベンが揺らぎ、ふたたび安定した。

「なるほど、隕石だ」ベイツがそっけなく言う。

おれは大きさの見当がつかなかった。虫くらいなのか、小惑星くらいあるのか。「大きさは？」とつぶやくと、すぐにインレイに回答が表示された。

長軸の長さが四百メートル。

ビッグ・ベンが画面の中で遠ざかり、ふたたび安全な距離を隔てた存在に戻った。〈テーセウス〉の前方展望窓の中心に見える、ぼやけた暗い円盤だ。だが、おれはクローズアップ映像を覚えていた。中央部分が黒っぽい炎の球、その顔は傷痕とあばただらけで、つねに傷つきつづけ、つねに治癒しつづけている。

そんな存在が何千も。

〈テーセウス〉の船体全体が震えた。単なる減速のためのパルス噴射だったが、その瞬間だけは、おれにも船の気持ちがわかったような気がした。

おれたちは前進するとともに、リスクの分散をはかった。

〈テーセウス〉は九十八秒の噴射で大きな弧を描いた。そのまま簡単に周回軌道にも移れるし――周囲の状況がきびしくなれば、慎重にフライバイにも移行できる。イカロス反物質流は目に見えないものの、今は左舷にはずれたまま、エネルギーを時空連続体に垂れ流していた。大きさは都市ほどもあるが厚さは分子一個分しかない船のパラソルは収納され、次にまた船が飢えたとき、ふたたび展開されるのを待つことになった。反物質の備蓄は即座に減少しはじめた。今回はおれたちも、生きてそれを見ていることができる。減少はごく微量だが、それでもいきなりマイナスが表示されると、なかなか心穏やかではいられなかった。

母親のエプロンを握っていることもできた。テレマター流にブイを残していき、井戸からエネルギーを補給しつづけるわけだ。スーザン・ジェームズはどうしてそうしないのかと質問した。

「危険すぎる」サラスティがあっさりと答えた。

スピンデルはジェームズのほうに身を乗り出した。「的（まと）になるものを置いていってやることはないだろ?」

結局、さらにプローブを展開した。燃料をぎりぎりまで節約し、フライバイのあとは壊れても構わないという速度で射出する。プローブはビッグ・ベンのまわりを飛びまわるマシン群から目を離さなかった。〈テーセウス〉も瞬（まばた）きしない目をみはる。さっきよりも距離は遠いが、より細部が見てとれた。相手のマシンはプローブの存在に気づいていたとしても、完全に無視していた。おれたちはすぐ近くから、マシンが無数の角度で無数の放物線を描いて飛びまわるのを観察した。衝突は一度もなかった——マシン同士はもちろん、赤道上空に密集している岩のかけらもすべてよけていく。ビッグ・ベンに最接近するときは、かならず大気圏に瞬間的にもぐり込んだ。燃え上がり、減速し、再加速して宇宙空間に飛び出していく。

前面の開口部を熱で輝かせながら。

ベイツはコン・センサスの映像をつかみ、ハイライトさせ、その前面部分を見て結論した。

「スクラムジェットだな」

二日足らずで四十万個近いマシンを観察した。ほぼ全部をとらえられたはずだ。あとになるほど新顔のマシンは見られなくなり、累積数は理論上の漸近線に収束した。ほとんどの軌道は接近していて動きは高速だが、サラスティは頻度分布から逆算して、冥王星あたりまで軌道をたどっていった。あと数年間ここに居座って観察を続けても、まだときどき虚無の彼方から戻ってくる新顔が発見できるだろう。

「最高速のものだと、ヘアピン・ターンするとき五十G以上かかることになる」スピンデルが指摘した。「肉体が耐えられる加速度じゃない。無人だと思う」

「肉体は補強可能」サラスティが言った。

「そこまで枠組みを拡張するくらいなら、細かい議論はやめて機械と呼んだほうが早いよ」

外形計測は完全に均一だった。四十万個のダイバーすべてが同じ形状をしている。群れを率いるアルファ雄がいるのだとしても、外観で判断するのは不可能だった。

ある晩――船内では昼夜の区別をつけている――おれは電子機器のか細い悲鳴を聞きつけ、船首の観測ドームに向かった。スピンデルがそこに浮かんでダイバーを観察していた。二枚貝の貝殻を閉じて星々を隠し、その場でちょっとした分析ネストを構成する。スピンデルの頭の中の仮想空間だけでは足りないというように、グラフやウィンドウがドーム内に次々と表示された。全方向に戦術グラフィックスが表示されると、彼の身体はきらめくタトゥーのパッチワークになった。

〝刺青（いれずみ）の男〟だ。「入ってもいいか?」とおれは尋ねた。

スピンデルは低くうめいた。構わないが、歓迎はしない。

ドーム内には激しい雨のような音が機器の作動音の向こうに聞こえていた。おれが来たのもこの雨音のせいだった。「何の音だ?」

「ビッグ・ベンの磁気圏だよ」スピンデルは振り向きもせずに答えた。「悪くないだろ、ええ?」

統合者は自分の仕事に意見を持たない。オブザーバーとして、影響を最小限にとどめるためだ。だが今回は、小さな逸脱を自分に許した。「いい音だ。機器の作動音はなくてもいい」

「冗談のつもりか?　こいつは磁気圏が奏でる音楽なんだ、政治委員。美しいよ。昔のジャズみたいに」

「意味がわからないな」

スピンデルは肩をすくめ、高音域を絞って雨音だけを残した。よく動く目がグラフィック表示の上をあちこち移動する。「一部保存して送ろうか?」

「ああ、頼む」

「ほらよ」彼が指さすとフィードバック・グラヴに光が反射し、トンボの羽根のように虹色にきらめいた。特定の吸収スペクトルと、一連の時間のループ。十五秒の枠の中で、明るいピークがあらわれては衰え、あらわれては衰える。

サブタイトルが教えてくれるのは波長のオングストロームだけだ。「これは何だ？」

「ダイバーの屁だな。あの連中は大気内で複雑な有機物を作り出してる」

「有機物というと、どのあたりまで？」

「まだよくわからない。痕跡はかすかだし、あの調子ですぐに消えてしまうからな。それでも、糖とアミノ酸は間違いない。タンパク質や、もっと複雑なものがあってもおかしくないだろう」

「生命とか？　微生物？」異星人のテラフォーミング計画……

「生命をどう定義するかによるな、ええ？　放射線や高熱に耐える細菌、デイノコッカスでも、あそこで長くは生きられないだろう。ただ、あの大気圏は巨大だ。惑星改造で全体を作りなおすにしても、急いだって仕方がない」

急いでいれば、自己複製を利用して、惑星改造はもっとずっと速く進むはずだ。「生命のように思えるが」

「むしろ農業用エアロゾルかな。あいつらは巨大ガス惑星をまるごと、木星よりでかい水田に変えようとしてる」スピンデルは不気味な笑みを浮かべた。「とてつもない大食らいがいるみたいじゃないか、ん？　こっちはいささか人数が少ないってことを考えたほうがいいぜ」

スピンデルの発見は、次の集まりでのっけから話題の中心になった。

吸血鬼が情報をまとめ、テーブルの上には説明用の映像が浮かんでいた。「ｒ戦略で増殖するフォン・ノイマン型自己複製マシン。押し寄せる種子が芽吹いてスキマーとなり、そのスキマーが輪から原材料を収穫。軌道はいささか混乱。輪には未知要因」

「群れが生まれるところは見てない」とスピンデル。「巣のようなものはないのか？」

サラスティはかぶりを振った。「たぶん廃棄。分解。または群れが最適数に到達、繁殖を停止」

「あれはまだブルドーザーだ」ベイツが指摘した。「居住者が入るのはこれからだろう」

「数はものすごいぜ？」とスピンデル。「こっちを何桁も圧倒してる」

「次にあらわれるのは何世紀も先かもしれないわ」ジェームズが言った。

サラスティがコッと喉を鳴らした。「ホタルを作るのはスキマーか？　バーンズ＝コールフィールドか？」

修辞的な質問だったが、スピンデルがとりあえず答えた。「無理そうだな」

「ならば何か別のものがある。それはすでに現地化」

誰もが一瞬黙り込んだ。ジェームズのトポロジーが変化し、ぎごちなく動く。ふたたび口を開いたとき、しゃべったのはもっと若い誰かだった。

「こんな遠くに住処（すみか）を作るなら、居住環境もわたしたちとはまったく違うはずよ。その点は希望が持てるわ」

共感覚者のミシェルだ。

「タンパク質」サラスティの目はヴァイザーに隠れて見えない。生化学的共通性がある相手は、われわれを食うかもしれないということか。

「相手が何であれ、陽光の中で生きてさえいないのよ。領土も資源も重なる要因がないわ。対立する原因がない。うまくやっていけないはずはないと思うの」

「そうは言っても、テクノロジーは好戦性を暗示する」とスピンデル。

ミシェルは軽く鼻を鳴らした。「異星人を見たことがない、理論歴史学者の仲間内の見解ではね。それが間違いだと証明できるかもしれないわ」次の瞬間にはもうミシェルは消えてしまい、そのトポロジーはつむじ風の中の木の葉のように吹き散らされ、スーザン・ジェームズが復帰してきた。

「訊（き）いてみたらどうかしら？」

「訊いてみる？」とベイツ。

「外には四十万個のマシンがいるんでしょ。しゃべれないとは限らないはずよ」

「聞き耳は立てたじゃないか。あれはドローンだ」とスピンデル。

「信号を送って確認してみても、悪いことはないと思うけど」

「たとえ知性があったとしても、返事をするとは限らない。言語と知性がかならずしも強く関連しないことは地球でも――」

「やらない理由を教えて」ジェームズは天を仰いだ。「わたしたちがここにいるのは何のため？　ただ信号を送るだけよ？」

ややあって、ベイツがボールを拾い上げた。「悪いゲーム理論だ、スーズ」

「ゲーム理論！」ジェームズが吐き捨てるように言う。

「最良の戦略は交互のやり取りだ。向こうが信号を送ってきて、こちらは信号を返した。ボールは向こうにある。ここでまた別の信号を送るのは、多くを与えすぎることになる」

「ルールはわかってるわ、アマンダ。相手方がボールを投げ返してこなければ、お互いに無視したまま、この作戦は終了するわけね。ものほしげな態度を見せてはならないってゲーム理論が言ってるから！」

「そのルールが適用されるのは、相手が未知の存在である場合だ」少佐が説明する。「いろいろなことがわかってくれれば、ほかの選択肢も出てくる」

ジェームズは嘆息した。「何だか……相手は敵対的だって決めてかかってるみたいね。こっちから挨拶すると弱みを見せることになるって」

ベイツは肩をすくめた。「用心するに越したことはない。わたしは筋肉頭(あたま)かもしれないが、星々のあいだを飛びまわり、超木星級の惑星をテラフォームして生きているものを、相手が何であれ怒らせたいとは思わない。今さら言うまでもないが、〈テーセウス〉は軍艦ではないんだ」

今さら言うまでもないというのは、サラスティも念頭に置いてのことだろう。そのサラスティは自分の考えに没頭していて何も言わなかった。少なくとも言葉に出しては。その肉体はまったく違った言語を使って話していた。

今はまだ、と。

ところで、ベイツは正しかった。〈テーセウス〉は公式には戦闘用ではなく、調査船として建造された。上の連中は観測機器だけでなく核兵器や粒子砲を積載したかっただろうが、いくらテレマター燃料流でも慣性の法則を変えることはできない。武装したプロトタイプは建造に長い時間がかかる。この船よりも巨大で、さらに重火器を備えていれば、加速にも時間がかかる。武装よりも時間のほうが重要だ、と上の連中は決断した。いざとなれば物質合成工場は必要なものをほぼすべて作り出せるが、それには時間がかかる。粒子ビーム砲を一から製造するにはそれなりの期間が必要だし、どこかの小惑星から原料を採掘してこなくてはならないが、それはやればできることだ。敵がフェアプレー精神から、こちらの準備が整うのを待っていてくれれば。

だが、人類最強の武器を持ち出しても、あのホタルを発射するほどの知性に対抗できるだろうか？　未知の存在が敵対的であれば、どうあがこうと人類はおしまいではないのか。相手のテクノロジーは人類を凌駕（りょうが）している――そのこと自体、相手が敵対的であることを示しているという意見もあった。テクノロジーは好戦性を暗示する、と。

もうすっかり見当はずれになってしまった今、そのことを説明しようと思う。あんたはたぶん、あまり昔のことで忘れてしまっただろう。

かつて三つの部族がいた。一つは楽観主義者で、守護聖人はドレークとセーガンだ。宇宙には穏やかな知性が――人類よりも心が広く進歩した魂（たましい）の兄弟たちが広がっていて、われわれもいつかその段階に到達し、偉大な銀河文明の一員に迎えられると信じていた。楽観主義者の主張では、当然、宇宙航行は進歩した穏やかな文明を暗示する。破壊的なエネルギーを制御しているわけだから。暴力的な本能の支配を脱することができなかった種族は、星々のあいだの深淵に橋をかける以前に淘汰（とうた）されてしまう。

これとは正反対なのが悲観主義者で、こちらは聖フェルミを頂点とするしかめ面の守護聖人たちにかしずく。悲観主義者が考えるのは、岩だらけの星々に原核生物が存在する程度の、人類が孤独に暮らす宇宙だ。その主張によれば、確率が低すぎる。生命発生の条件はきびしく、宇宙線は強烈で、あまりに多くの惑星が極端な軌道を描いている。地球に生命が発生したこと自体が奇蹟であり、大きすぎる期待を抱くのは、理性を放棄して狂信に陥ることに等しい。宇宙が誕生してからすでに百四十億年が過ぎている。銀河系に知的生命体がいるのであれば、今ごろは地球に来ているはずではないか？

この両者から等しく距離を置くのが、歴史学者という部族だ。知性のある宇宙航行種族については あまり深く考えないが、もしも存在するのであれば、単に頭がいいだけでなく、きわめて利己的な種族だろうと予想する。

この結論は歴史学者にとっては明白だ。人類の歴史を見ればわかる。現在でさえ、偉大なテクノロジーが劣ったテクノロジーを踏みつけにしているではないか。これは人類の歴史に限ったことではなく、道具を持った側が不公正なほど有利になるというだけのことでもない。抑圧される側も、わずかなチャンスさえあれば、その道具を抑圧する側に対して使えるということなのだ。真の論点は、その道具がそもそもどうやって存在するようになったのかという点だった。何のための道具だったのかが問題になる。

歴史学者にとって、道具の存在理由は一つしかない。宇宙に不自然な形を与えることだ。彼らは自然を敵とみなし、ものごとの自然なあり方に反抗する。テクノロジーは穏やかな環境下では停滞し、自然との調和を信条とする文化の中では決して繁栄しない。気候が温暖で食料がたっぷりあったら、どうして核融合炉を発明する必要がある？ 敵がいないのに砦を建造するか？ 世界に何の脅威もなかったら、どうして変化を押しつけようと思うだろう？

ほんの少し前まで、人類文明には多くの支流があった。二十一世紀に入ってさえ、いくつかの孤立した部族は石器時代同様の生活を送っていた。定住して農業を始めて満足した文明もあれば、自然を征服しないと気がすまない文明もあり、宇宙に都市を築くまでになった文明もある。

だが、いずれはどこかで立ち止まることになる。新たなテクノロジーは劣ったものを蹂躙（じゅうりん）するが、やがてどこかで満足し、停滞する——おれの母親が機械仕掛けの蜂の巣の中の幼虫のように、生きる意欲を失ってみずからの満足の中に引きこもったように。

とはいえ、誰もがかならず止まってしまうわけではない。止まった者たちは生存を求めてもがくことをやめてしまうが、止まらない者もいる。人類最高のテクノロジーでも対抗できない、地獄じみた世界に住む者もいるだろう。環境が今も敵で、より鋭い道具とより強い帝国で反撃した者たちだけが生き延びられる世界に。そうした環境に存在する脅威は単純なものではないはずだ。苛酷な気候や天災は、人を殺すものもそうでないものも、征服して——あるいは適応して——しまえばどうでもよくなる。だからずっと問題になりつづけるのは、反撃してくる環境、新たな対策に別の手を打ってくる環境、生き延びたければつねに前回以上の手段を講じなくてはならない環境だ。言い換えれば、唯一の敵は知性を持った相手なのだ。

生きることは知性を持った敵との戦いだということを忘れていない者たちが、最終的に最高の武器を手にしたとしたら、宇宙を渡ってマシンを送り込んできた相手のことをどう考えるだろうか？

単純な議論だ。歴史学者を勝利に導くにはじゅうぶんだったろう――だが、論理だけに基づく議論はあまりに退屈で、大衆はフェルミの勝ちと判定してしまっていた。多くの人々にとって歴史学者の見方はあまりにも醜く、ダーウィン主義的だったのだ。しかも実際に気にしている人間は一人もいない。キャシディ研究所の最新の発見も事態を大きく動かすことはなかった。おおぐま座やエリダヌス座の泥玉に酸素大気があったからって、だから何だ？四十三光年の彼方だし、電波も発してはいないじゃないか。空飛ぶシャンデリアや異星人の救世主が見たかったら、天国に作ればいい。テストステロンと射撃訓練が望みなら、アフターライフいっぱいの、悪辣な目的を持った不気味な異星の怪物を選ぶこともできる。知性ある異星人という考え自体があんたの世界観を脅かすなら、神を畏れる地球人の巡礼団を待っている、誰も住んでない仮想銀河を探検すればいい。

十五分の接合作業と頸部ソケットの向こうにはどんなものだってあるんだ。どうして現実の宇宙旅行で狭苦しくて臭い船室に押し込まれ、エウロパの池に浮かぶ藻を見にいかなくちゃならない？

そうそう、必然的に第四の部族も存在する。すべてに勝利した天国の住人たち、〝どうだっていいじゃないか〟部族だ。ホタルが出現したとき、彼らはどうすればいいのかまったくわからなかった。

だからおれたちを送り出し、念のため——遅ればせながら歴史学者の唱える呪文を尊重して——戦士を同行させた。恒星間航行テクノロジーを持った相手が敵対的だとわかったとき、地球人の戦士に何ができるのかという点は大いに疑問だったが、それでもベイツの存在は、少なくとも人間の乗員にとっては、心強いものがあった。ＩＱが四桁の怒ったティラノサウルスに丸腰で立ち向かうことになったとき、近くに戦闘訓練を受けた専門家がいるのは悪いことじゃない。

最低でも、適当な木から先の尖った枝を折り取るくらいのことはしてくれるだろう。

「結局わたしたちのほとんどが異星人に食われることになったら、ゲーム理論教会が感謝してくれるんでしょうね」とサーシャ。

彼女は調理場からクスクスの塊を取り出していた。おれはカフェインを取りに来たところだ。ほぼ二人きりと言っていい。ほかの面々はドームから合成工場にまで散らばっていた。

「言語学者はゲーム理論を使わないのか？」おれは何人か使う人間を知っていた。

「わたしたちは使わないわ」ほかの連中は二流よ。「ゲーム理論ていうのは、各プレーヤーが合理的に自己利益をはかることを前提にしているの。でも、人間は合理的なんかじゃないわ」

「確かに昔はそういう前提だったが、今では社会神経学的な要素も取り入れてたはずだ」

「人間の社会神経学をね」塊の端をかじり、セモリナ粉を口に入れたまま先を続ける。「それがゲーム理論の強みだわ。合理的なプレーヤー、あるいは人間のプレーヤー。で、ここで思いきって訊いてみるけど、あれはこのどっちかに当てはまるのかしら?」サーシャは隔壁の外に異星人がいるかのように、片手を振って見せた。

「限界はあるだろうが、手もとにある道具を使うしかない」

サーシャは鼻を鳴らした。「ちゃんとした設計図が手に入らなかったら、滑稽詩集か何かをもとにして夢のマイホームを建てようとする?」

「たぶんしないな」おれはわれにもあらず、つい言い訳がましく付け加えた。「ただ、それでうまくいったことはある。きみが予想もしない分野で」

「へえ、たとえば?」

「誕生日だ」言った瞬間に後悔した。

サーシャが噛むのをやめた。目の奥で何かが燃え上がる。閃光を発したと言ってもいいくらいだった。四人組の全員がいっせいに聞き耳を立てたかのようだ。

「続けて」四人がじっと聞き入っているのが感じられた。

「いや、何でもないんだ、本当に。一例だよ」

「そう。話して」サーシャがジェームズの顔をおれのほうに突き出した。

おれは肩をすくめた。騒ぎを大きくしても仕方がない。「つまり、ゲーム理論に従うなら、自分の誕生日は他人に教えないほうがいいわけだ」

「話がよく見えないわ」

「教えるとどっちにしても負けることになる。勝てる戦略が存在しない」

「戦略って何のことよ？　誕生日の話でしょ」

チェルシーに説明しようとしたときもまったく同じことを言われたものだ。『つまり、たとえば全員に誕生日を教えたのに何もなかったら、それは顔を平手打ちされたような侮辱だろう？』

『パーティを開いてくれるかもしれないわ』とチェルシーは言い返した。

『その場合、真剣に自分のために開いてくれたのか、それとも知らなければ無視していたのに、知ってしまったから仕方なく開いたのか、判断がつかなくなる。一方、誰にも誕生日を教えなければ、誰も祝ってくれなくてもがっかりすることはない。だって誰も知らないんだから。またもし誰かが一杯おごってくれたら、それは本当の好意のあらわれだとわかる。本気で好きでなかったら、わざわざ誕生日がいつなのか調べて、祝ってくれたりはしないからな』

もちろん、四人組に対してはスピード重視だ。言葉で説明したわけではない。コン・センサスの一端をつまんで表を提示しただけだ。縦軸は〝教える／教えない〟、横軸は〝祝ってくれる／祝ってくれない〟とし、四分割された領域を黒と白の〝コスト〟と〝利益〟で色分けする。反論の余地はない。勝てる戦略は〝教えない〟だけだ。誕生日を教えるのは愚か者という結論になる。

サーシャがおれの顔を見た。「これって誰かに話したことはあるの？」

「ああ、彼女に」

サーシャの目が丸くなった。「彼女がいたの？　本物の？」

おれはうなずいた。「一人だけ」

「この話をしたあとでも？」

「まあな」

「ふうん」サーシャの視線が損得勘定表に戻った。「好奇心から訊くんだけど、シリ、そのときの彼女の反応は？」

「別に何も。まあ、最初は。そのあと──その、笑いだしたな」

「わたしより性格いいわね」サーシャはかぶりを振った。「わたしだったらその場で別れてるわ」

おれは毎晩、脊髄に沿って散歩をした。夢のようにすばらしい滑空は、船内で得られるわずかな自由だ。ハッチと通路を抜け、両腕を広げて、ドラムの空気循環のそよ風を身体に受ける。ベイツがおれのまわりを旋回し、ボールを容器や隔壁に投げて跳ね返らせ、トルクによって生じる擬似重力でカーブを描くボールを、手を伸ばして受けとめていた。と、ボールが階段に跳ね返り、手の届かないほうに飛んでいった。おれはそのまま納骨堂からブリッジに通じる細い部分に飛び込んだ。ベイツの悪態がうしろから追いかけてきた。

おれはドームのすぐ手前で停止した。静かな話し声が聞こえたのだ。

「もちろん美しいに決まってるさ」スピンデルの声だ。「星なんだからな」

「その星をいっしょに見るのに、あなたがわたしをまっ先に選ぶとは思えないんだけど」これはジェームズだった。

「僅差(きんさ)の二位だよ。でも、メーシュとはもうデートしたからな」

「そんなこと言ってなかったわ」

「何もかも話してるわけじゃないのさ。本人に訊いてみろ」

「ちょっと、この身体はアンチリブを受けてるのよ。あなたは違うかもしれないけど」

「変な意味に取るなよ、スーズ。エロスは唯一の愛の形じゃないぜ、ええ？　古代ギリシャ人は四つに分類してた」

「そのとおり」明らかにもうスーザンではなかった。「あんたはまずゲイの中でいろいろ教わったらしいね」

「くそ、サーシャか。またユッカの鞭(むち)が鳴りだす前に、少しだけメーシュと二人きりになりたかっただけなのに……」

「わたしの肉体でもあるのよね、アイク。騙されてたほうがよかった?」

「話がしたかっただけだぜ、ええ? 二人きりで。そんなに大それたことかね?」

サーシャが息を吸い込む音が聞こえた。

ミシェルがそれを吐き出した。

「ごめんなさいね。うちの連中のこと、わかってるでしょ」

「やれやれ、助かった。顔を見にくると、いつも集団面接みたいになっちまうんだ」

「だったらあなたはラッキーよ。みんなあなたが好きなんだわ」

「それでもやっぱり、きみがクーデターを起こすべきだと思うね」

「いつでも引っ越してきていいのよ」

そっと触れ合った身体が動く音が聞こえた。「どうだい、元気になったか?」スピンデルが言った。

「ええ、やっとまた生きてることに慣れてきた感じよ。あなたは?」

「わたしはどれだけ長く死んでたって、いつも元気いっぱいさ」

「仕事を終えてしまって」

「ああ、メルシ。そうしよう」

言葉が途切れたとき、〈テーセウス〉が静かにハミングした。

「〈ママ〉の言うとおりだった」ミシェルがつぶやいた。「本当に美しいわ」

「星々を見ると何が見える?」スピンデルはそう尋ね、言いなおそうとした。「つまり——」

「ちょっと……ちくちくした感じ」ミシェルが答える。「首を動かすと、とても細い無数の針が波のように皮膚の上を動いていくみたい。全然痛くはなくて、くすぐったいだけなんだけど。電気の刺激みたいでもあって、気持ちがいいわ」

「そんなふうに感じられたらいいだろうな」

「あなたにはインターフェースがあるじゃない。頭頂葉（とうちょうよう）に、視覚野の代わりに望遠鏡を接続すればいいのよ」

「それでわかるのは、機械にはどんなふうに見えるのかってことじゃないか、ええ? きみにどう見えるのかはやっぱりわからない」

「アイザック・スピンデル、あなたってロマンティックな人ね」

「とんでもない」

「あなたは知りたくないのよ。謎のままにしておきたいんだわ」

「気づいてないのかもしれないが、ここにはもう謎はじゅうぶん以上に存在してる」

「ええ、でも、それはわたしたちにはどうにもできないわ」

「いつまでもそうじゃない。すぐに解明を始めることになる」

「そう思うの?」

「間違いない」スピンデルは自信たっぷりだ。「今までは遠くから覗いてるだけだったろう、ええ？　現場に乗り込んであちこちつつきまわせば、おもしろいことがいっぱい起きるに決まってるんだ」

「あなたにとってはそうかもしれないわ。あれだけ有機物が豊富なら、生物学的にとても興味深い場所でしょうから」

「そういうこと。わたしが分析しているあいだに、きみが話しかければいいんだ」

「それはどうかしら。百万年以内に〈ママ〉が認めてくれるとは思えないわ。でも、言語についてはそのとおりね。正直なところ、非常手段よ。夢の内容を狼煙で伝えようとするようなものだわ。気高いことだし、もしかすると肉体にできるもっとも気高い行為かもしれないけど、いくら正確に意味を伝えようとしても、日没を音の連なりであらわすことはできない。絶対に何かが失われてしまう。限定してしまうのよ。ここにいる何者かは、言語なんか使いもしないでしょう」

「いや、使うと思うね」

「いつから意見を変えたの？　ずっと言語の効率の悪さを指摘してたじゃない」

「きみの服を全部脱がせて肌を合わせようと思ったときからさ」自分のジョークに笑い声を上げる。「まじめな話、じゃあ、代わりに何を使ってるんだ？　テレパシー？　いやいや、きみはきっと、気づいたときには見たこともない文字に肘まで埋まってるさ。しかもそれを記録的な速さで解読してるはずだ」

「お誉めにあずかって光栄だけど、どうかしら。ユッカの言ってることさえ半分は理解できないわ」ミシェルは一瞬黙り込んだ。「本当に、ときどきひどく面食らうことがあるのよ」

「きみ以外の七十億人も同じさ」

「ええ、ばかげたことだとはわかってる。でも、姿が見えないと、どこに隠れているんだろうってつい考えてしまうの。逆に目の前にいるのを見ると、どこかに隠れなくちゃって思ってしまう」

「確かにぞっとするけど、それはあいつのせいじゃない」

「わかってる。でも、士気が上がらないのも確かでしょ。吸血鬼を責任者にするなんて、どこの天才が考え出したわけ？」

「ほかにどうすればいいと思うんだ、ええ？　サラスティに命令するほうがいいか？」

「身のこなしだけじゃなくて、しゃべり方もそう。とにかくどこかが違うのよ」

「そのことなら知ってるはず――」

「現在形とか、吸打音のこととかじゃないの。あのしゃべり方は知ってるでしょ――ひどく簡潔な」

「効率的だ」

「人工的なのよ、アイザック。わたしたち全員を合わせたよりも頭がいいのに、ときどき単語を五十個しか知らないみたいなしゃべり方をするでしょ」小さく鼻を鳴らす。「形容詞を使いすぎると死んでしまう、みたいな」

「そうだな。でも、それはきみが言語学者だからだろう。どうしてみんな言語の純粋な美しさとたわむれないんだろうって思うのと同じさ」スピンデルは尊大ぶって咳払い(せきばら)をして見せた。「わたしは生物学者だから、何の問題もない」

「そうね。だったら説明して、おお偉大なるカエル解剖者よ」

「単純さ。吸血鬼は回遊型で、定住型じゃない」

「いったい何を――ああ、つまりシャチみたいなもの？　〝歌〟の方言が違うってこと？」

「言語から離れろよ。ライフスタイルを考えるんだ。定住型のシャチが食べるのは魚だろ？　だから群れを作って、あまり移動せず、しょっちゅうおしゃべりしてる」かすかな音がした。おれはスピンデルがミシェルに身を寄せ、その腕に片手を触れるところを想像した。グラヴのセンサーが相手の感覚を彼に伝える。「一方、回遊型のシャチが食うのは――哺乳類だ。アザラシやアシカなど頭のいい獲物で、尾鰭(おびれ)が海面を叩く音や歌声を聞いたら、姿を隠してしまう。だから回遊型のシャチは音を立てなくなる。小集団で狩りをして、気づかれないように口を閉じて、あたり一帯を泳ぎまわる」

「ユッカは回遊型のシャチだってことね」

「本能は獲物のそばで音を立てるなと命じる。口を開くたびに、姿を見られるたびに、ユッ力は自分の脳幹と戦わなくちゃならない。あいつがいると全員の士気が一気に高揚するわけじゃないからって、あんまり責めるのは酷ってもんじゃないか、ええ？」

「ブリーフィングのたびに、わたしたちを獲物にしたい衝動と戦ってるってこと？　気の休まる話ね」

スピンデルは小さく笑った。「そこまでひどくはないと思う。シャチだって狩りのあとでは気を抜くさ。腹がいっぱいなのに隠密行動を取る必要はないだろう、ええ？」

「だったら脳幹と戦ってるんじゃなくて、お腹が減ってないだけじゃない」

「どっちも少しずつあるんじゃないかな。本能ってものは消えたりはしないから。ただ、一つ言っておきたいことがある」スピンデルの口調に真剣味が増したようだった。「サラスティがときどき自室でブリーフィングをやりたがるなら問題ない。だが、やつの姿をぱたりと見なくなったら？　そのときは本気で背後に注意しはじめるべきだな」

思い返してみれば認めざるを得ない。おれは女性の相手がうまいスピンデルを羨んでいた。切り貼りした肉体はひょろ長く、チックや痙攣をくり返し、自前の皮膚はほとんど残っていないが、なぜか彼は——

——チャーミングだった。そう、この言葉がしっくりくる。チャーミングなのだ。

社会的な必要性を失い、この言葉は二人一組の非仮想的な性交渉という行為とともに消えかけている。だが、おれでさえ一度は試してみたことがある。あのとき自分を卑下するスピンデルのスキルが使えていたら、きっと悪くなかったろう。

　とりわけ、チェルシーとのすべてが崩壊しはじめた時期には。

　もちろん、おれにはおれのスタイルがある。おれなりにチャーミングになろうともした。誠実さと感情操作に関しては何度も口論をくり返したが、あるとき一度、ちょっとした気まぐれが事態を好転させるのではないかと考えたことがあった。チェルシーがセックスの政治学を理解していないのではないかと思ったのだ。脳をいじるのは確かに彼女の仕事だが、それは回路をすべて記憶しているだけで、そもそもどうして発生したかを、その根本にある自然選択のルールを、何も考えていないんじゃないかと思った。おれたちが進化上の敵であり、あらゆる人間関係は破綻する運命にあるということを、本当に知らないんじゃないかと。その洞察をおれが与えてやれば——おれの魅力(チャーム)が彼女の防御を突破できれば——もっとうまくいくかもしれない。

　おれは考え込み、チェルシーの目を引く完璧な方法を思いついた。心なごむユーモアと愛情を配合したおもしろい話を書いて、彼女に聞かせたんだ。

はじめに配偶子があった。だが、セックスはあったもののジェンダーはなく、生命はバランスしていた。

神は言われた。「精子あれ」と。すると種子のいくつかは小さくなって安く製造できるようになり、市場にあふれた。

次に神は「卵子あれ」と言われた。すると残りの種子は精子と接合したが、実をつけるものはいくつもなかった。精子はほとんど食料を持っておらず、食料不足を乗りきれるほど大きな卵子は少なかったからだ。こうして、時を経る中で、卵子は大きさを増していった。

神は卵子を子宮の中に置いて言われた。「ここで待て。おまえは大きくて動きにくいから、精子が部屋にいるおまえを見つけなくてはならない。そこでおまえは受精するであろう」そしてそのようになった。

また神は配偶子に言われた。「接合の果実はどんな場所でどんなふうに暮らしても構わない。空気中でも、水中でも、熱水噴出孔の硫黄の中でも。だが、一つだけ忘れてはならないことがある。これだけは時の始まりから変わらない——遺伝子を拡散させよ」

こうして精子と卵子は世界に広がった。精子は言った。「わたしは安価で大量にあり、広くばらまかれるなら、きっと神の計画を実現することができる。つねに新しい相手を探しつづけ、子供ができたら次を探す。子宮の数は多く、時間は限られているから」

だが、卵子はこう言った。「見よ、わたしには子供を産むという重い責務がある。なかば自分のものではない肉体を抱え込み、その子がわたしの部屋を出ていっても、栄養を与えつづけなくてはならない」そのころには卵子の肉体の多くが温血で、体毛をまとっていた。「産める子供の数は少なく、あらゆる場面で子供を守ることに没頭しなくてはならない。だから精子にはその手伝いをさせる。なぜなら、精子がそのような事態を引き起こすのだから。精子がわたしのそばで苦労しても、ふらふらと出ていってわたしの競合相手と寝るようなことは許さない」

精子はこれが気に入らなかった。

これを見て神は微笑まれた。自分の命令で精子と卵子が対立状態になり、それは両者が共倒れになる日まで続くと思われたからである。

おれはある火曜日の日暮れどき、完璧な光の下でチェルシーに花を手渡した。そのロマンティックな古い習慣の皮肉さ——別の種(しゅ)の切断された生殖器を性交前の贈り物にすること——を指摘し、性行為に入る直前に、この『卵形成の書』を引用した。

今でもまだ、何がいけなかったのかわからない。

ガラスの天井はあなたの中にある。ガラスの天井は意識そのものだ。
——ジェイコブ・ホルツブリンク『惑星に至る鍵』

地球を出発する前には第四波の話があった。おれたちが邪悪な敵に出会って的にされたときのため、深宇宙弩級戦艦があとから静かに追尾してるって話だ。異星人が友好的だったら、政治家やCEOを満載した外交用フリゲート艦がほかの軍艦を押しのけて進み出る。地球には深宇宙弩級戦艦も外交用フリゲート艦もなかったが、それを言うならホタルの到来まで〈テーセウス〉だって存在しなかった。そんな話は事前にまったく聞かされていなかったが、最前線の要員に全体図を示したりはしないものだ。知っていることが少なければ、漏れることも少ない。

第四波が実在したのかどうか、おれは今でも知らなかった。その存在を示す証拠は一つも目にしていない。バーンズ＝コールフィールド彗星で置き去りにしてしまった可能性もあった。あるいはビッグ・ベンまで追尾してきて、おれたちが相手にしてるものをちらりと眺め、事態が悪化する前に尻尾を巻いて逃げだしたか。

　本当にそうだったとして、地球に戻れたのかどうかもわからなかった。

　今から思えば、無事に戻れていないほうがよさそうだ。


　巨大なマシュマロが〈テーセウス〉を押しのけたかのようだった。船の〝下〟方向が振り子のように変化する。ドラムの反対側でスピンデルが火傷（やけど）をしたような声を上げた。調理場で熱いコーヒーの球形容器が割れたらしい。おれも危うくその場にいるところだった。

　やっぱりだ。近づきすぎて反撃されたんだ——おれはそう思った。

「いったい何が——」

　公共ラインが揺れて、ブリッジからベイツが接続してきた。「メイン・エンジンが点火した。コースを変更しようとしている」

「どこに向かうつもりだ？　誰が命令した？」

「わたしだ」おれたちの頭上にあらわれたサラスティが答えた。

　誰も何も言わない。サラスティは船尾側のハッチからドラムに漂い入ってきた。何かがこすれる音がする。おれは〈テーセウス〉の資源配分をチェックした。物質合成工場が添加セラミックを大量生産していた。

放射線シールドだ。重くてかさばる原始的な遮蔽材で、通常使われる制御された磁気フィールドではない。

眠そうな目をしたジェームズがテントから出てきて、サーシャがもごもごとつぶやいた。

「何かあったの？」

「見ろ」サラスティがコン・センサスをつかみ、手を振った。

それはブリーフィングではなく、ブリザードだった。重力井戸と周回軌道、アンモニアと水素の積乱雲内の剪断応力シミュレーション、ガンマ線から電波までカバーするフィルターを通した惑星表面の立体映像。中断点と鞍形点と、不安定な均衡点が見える。折り目・カタストロフが五次元的に点在しているのがわかった。おれのインレイは懸命に情報を解釈し、半分しかない脳は結論を理解しようと必死になった。

下に見えるものの中に何かが隠れている。

ビッグ・ベンの輪はまだ行儀よくしていなかった。逸脱のしかたがはっきりしない。サラスティもまだ小石や山や微惑星の動きすべてを計算できてはいなかったが、かなり近いところまでは来ていた。だが、船長の人工知能の力を一部借りても、その軌道の急変が過去の何らかのできごとの単なる副作用なのかどうかは判然としない。埃はただ収まっていくだけではなかった。その一部は何かの勢力圏に入り込み、その何かは今も雲の上から手を突き出して、デブリを軌道から弾き出している。

デブリすべてが弾き出されるわけではなかった。ビッグ・ベンの赤道地帯には、隕石が衝突する光がつねに見えている。スキマーの航跡と違って弱々しく、すぐに消えてしまうが、その頻度は落下する岩の数よりも少なかった。まるでときどき、落ちてきた隕石が並行世界に消えてしまっているかのようだ。

それともそこにいる何かに捕まっているのか。ビッグ・ベンの赤道上を四十時間で一周し、高度は大気圏に接しそうなくらい低い。その何かは可視光でも、赤外線でも、レーダーでも見ることができなかった。純粋な仮説にとどまっていてもおかしくない存在だ。たまたま〈テーセウス〉が見ているとき、大気圏に飛び込んだスキマーの一つが白熱の尾を引いていなかったら。

サラスティはそのスキマーを画面の中心に持ってきた。明るい航跡がビッグ・ベンの永遠の夜を背景に斜めに画面を横切り、途中で角度にして一度か二度左に跳ね、また元に戻って、すぐに画面の外に見えなくなった。静止画像では、航跡は一条のビームに見えた。その光条の中央あたりに、何かが突き出してわずかに揺らいでいる。

突き出した影の長さは、およそ九キロあった。

「隠れていたんだわ」サーシャが感心したように言う。

「まずいな」前方ハッチからあらわれたベイツが旋回しながら近づいてきた。「どう見ても厄介な人工物だ」途中にある階段をつかみ、トルクを使ってスピンを打ち消して、両足で階段に着地する。「どうしてこれまでとらえられなかったんだろう?」

「背景光がなかったからな」スピンデルが指摘する。

「航跡だけじゃない。雲を見てみろ」ベイツの言うとおり、ビッグ・ベンを包み込んだ雲も同じように微妙に位置を変えていた。ベイツはデッキに下りてきて、会議テーブルに近づいた。「前にも見ていたはずだ」

「ほかのプローブは見ない」サラスティが言った。「このプローブは大きな角度で接近。二十七度」

「何に対して大きな角度なの?」とサーシャ。

「船とやつらを結んだ線だ」ベイツがつぶやいた。

すべて作戦だったのだ。〈テーセウス〉は明確な弧を描いて接近したが、発射されたプローブはホーマン遷移軌道を取らず、どれもろくにコースを変えることなく、すぐに燃えつきてしまった。ビッグ・ベンと〈テーセウス〉を結ぶ理論上の線から数度しかはずれないまま。ただ、このプローブだけは角度が大きくなるまで生き延びて、ペテンを見破ったのだった。

「この線から遠くなるほど、軌道の不連続点がよく見える」サラスティがいった。「垂直方向に離れれば明確」

「盲点に入ってるってこと?　コースを変えれば見えるわけ?」

ベイツが首を横に振った。「盲点は移動しているんだ、サーシャ。つまり――」

「わたしたちを追うように」サーシャは歯のあいだから息を吸い込んだ。「くそったれ」

スピンデルが顔を痙攣させる。「いったい何なんだ？　スキマー製造工場か？」

静止映像のピクセルがもぞもぞと動きだした。粒子は粗く形もはっきりしないが、荒れるビッグ・ベンの大気の渦巻きの中から何かがあらわれようとしていた。曲線が見える。棘状のものや、ごつごつした角も。どこまでが実体でどこからが雲なのかもはっきりしないが、全体的な輪郭はトーラスだった。あるいは小さな破片がリング状に集まって、トーラスを形成しているのかもしれない。巨大だった。あの長さ九キロの影は、周縁部をかすめたスキマーの航跡が、中心角四十度から五十度の弧を照らし出したにすぎなかった。木星十個分の影にひそむ物体は、端から端までで三十キロはありそうだった。

サラスティが状況を要約して見せるあいだに船の加速は止まっていた。〝下〟の向きは元に戻ったが、おれたちはそうはいかない。ためらいながらおそるおそる接近していたのはもう過去の話だった。今や一直線に、魚雷のように突進している。

「あの、あれって差し渡しが三十キロくらいあるわね」サーシャが指摘した。「でも目には見えない。もう少し慎重に進んだほうがいいんじゃない？」

スピンデルは肩をすくめた。「吸血鬼を説得して考えを変えさせられるなら、吸血鬼なんかいらないんじゃないか、ええ？」

画面上に別のウィンドウが開いた。周波数ヒストグラムと調和的スペクトルを示すグラフが、それまでのフラットラインから山を示しはじめた。可視光のコーラスだ。

「変調レーザーを検知」ベイツが報告した。

スピンデルが顔を上げる。「あいつから？」

ベイツはうなずいた。「われわれが気づいた直後から。興味深いタイミングだ」

「恐怖すべきタイミングだろう」とスピンデル。「どうして向こうにわかるんだ？」

「コースを変えて、まっすぐあれに接近しはじめたからだろう」

光が躍りまわり、ウィンドウをノックした。

「あれが何であれ、話しかけてきている」とベイツ。

「だったら、とにかく挨拶をすべきね」落ち着いた声が聞こえた。

スーザン・ジェームズが支配人席に復帰していた。


おれは唯一の純粋な観客だった。

ほかは全員が自分の仕事を遂行している。スピンデルはサラスティが描いた概略図をいくつものフィルターにかけ、工学データから生物学的特徴の断片を抽出しようとしていた。ベイツは隠れている物体とスキマーを外形計測で比較している。サラスティは頭上から全員を監督しながら、ほかの誰にも近づくことさえできない、深い吸血鬼的思考をめぐらせていた。

だが、それはすべて時間つぶしだ。中央ステージの主役はスーザン・ジェームズが率いる四人組だった。

ジェームズは近くの椅子をつかみ、腰をおろし、オーケストラの指揮でもするかのように両手を上げた。空中で指を震わせ、仮想アイコンを操作している。唇と顎がぴくぴくと動いて、声にならない指示を出した。おれはジェームズのフィードに接続し、異星人の信号を解析しているテクストを覗いた。

ロールシャッハより一一六度AZ・二三度DEC・RELより接近中の船舶へ。ハロー、〈テーセウス〉。ロールシャッハより一一六度AZ・二三度DEC・RELより接近中の船舶へ。ハロー、〈テーセウス〉。ロールシャッハより……

もう解読していたのか。しかも応答までしている。

〈テーセウス〉よりロールシャッハ、ハロー、ロールシャッハ。

ハロー、〈テーセウス〉。ご近所にようこそ。

時間は三分もなかったはずだ。四人組は完全な意識がある四人のハブ人格と、数十の無意識の記号論モジュールが並行して作業をおこなう。そのすべてが同じ一つの灰色の塊の中に入っている。これだけ効率が上がるなら、自分の心にそんな手荒なことをする理由もわかるような気がした。

そうしなければ生き延びられないという理由でもやらないだろうと、以前は思っていたのだが。

接近の許可を求めます。四人組が送信した。単刀直入だ。事実とデータのみ。両義性や誤解の余地は限りなく小さい。〝平和目的でやってきました〟的な感情論は排している。通信プロトコルの確立時に、文化の交換は無用だ。

接近しないほうがいい。本当に。この場所は危険だ。

これはいささか注意を引いた。ベイツとスピンデルがためらう様子を見せ、ちらりとジェームズのほうを見た。

危険に関する情報を求めます。四人組は落ち着いている。

接近しすぎると危険だ。低軌道に混乱がある。

低軌道の混乱に関する情報を求めます。

致死性の環境。岩や放射線。歓迎するが、こちらはこんな状況だ。

低軌道の岩の存在は認識しています。放射線は防護できます。それ以外の障害の情報を求めます。

おれはこのやり取りを流しているチャンネルのソースにもぐり込んだ。〈テーセウス〉は受信したビームをカラー・コードに従って音声に変換している。つまりこれは音声通信なのだ。相手はしゃ、べ、っ、て、い、る。アイコンの向こうには、異星言語の音声の生データが存在するはずだった。

抵抗できるわけがない。

「友人同士ならいつでも、だろう？　お祝いに来たのかね？」

英語だ。声は人間のものだった。男性の、老人。

「ここには調査に来ました」と四人組。ただしその声は〈テーセウス〉のものだった。「太陽系近傍に物体を送った者の代理人との対話を望みます」

「ファースト・コンタクトだ。お祝いすべきだと思うね」

おれはソースをダブルチェックした。いや、これは翻訳されたデータではない。何の手も加えていない、入ってきた信号そのものだった。相手はロールシャッハと名乗っている。とにかく信号の一部にそれが含まれているわけだ。ほかの要素があるのかもしれなかった。非音声的な、ビームの中にコード化された情報が。

おれが調べていると、ジェームズが言った。「お祝いに関する情報を求めます」見つかったのは標準的な、船舶対船舶のハンドシェイク・プロトコルだけだった。

「興味はあるわけか」声が力強く、若々しくなった。

「はい」

「きみが？」

「はい」四人組が辛抱強くくり返す。

「きみは？」

わずかなためらいが感じられた。「〈テーセウス〉です」

「それはわかっている、ベースライン」言語が北京語になった。「きみは誰だ？」

基音に変化はないが、語調が少し棘々しいものに感じられた。

「わたしはスーザン・ジェームズと――」

「ここにいても幸せにはなれないよ、スーザン。フェティシズムの気（け）があるからな。危険な祝祭だ」

ジェームズは唇を噛んだ。

「説明を求めます。その祝祭が当方に危険をもたらすということですか？」

「もちろんその可能性はある」

「説明を求めます。危険なのはその祝祭（オブザーバンス）ですか、それとも低軌道の環境ですか？」

「攪乱（ディスターバンス）された環境だよ。注意するんだね、スーザン。不注意は無関心に通じる」

ややあって、ロールシャッハはこう付け加えた。「不敬にも」

ビッグ・ベンの陰に入るまで四時間の余裕があった。会話はそのあいだも滞（とどこお）りなく続いた。こうまで簡単にいくなんて、誰も予期しなかった。なんといっても、向こうがこちらの言語を話せたのだから。相手は何度もこちらの身を案じるような発言をくり返したが、人類の言語を自由に話せるのに、おれたちにわかったことはほとんどなかった。とにかく近づかないほうがいいと主張する以外、四時間のあいだあらゆる質問をのらりくらりとかわしつづけたのだ。やがてロールシャッハがビッグ・ベンの向こうに隠れたとき、おれたちにはまだ何もわかっていなかった。

サラスティは話の途中でデッキまで下りてきたが、足を階段につけることは一度もなかった。手を伸ばし、手すりをつかんで身体を安定させたときも、わずかによろめいただけだった。おれが同じことをやろうとしたら、セメント・ミキサーの中の小石のようにそこらじゅうの隔壁に跳ね返っていただろう。

サラスティはそのあと会話のあいだじゅう石のように身動きしなかった。表情もまったく変わらず、目は漆黒のヴァイザーに隠れている。ロールシャッハの信号が話の途中で弱まって消えると、彼は身ぶりで全員を共用部のテーブルのまわりに集めた。

「相手は話す」

ジェームズがうなずいた。「距離を取れという以外のことはほとんど言わなかった。声は成人男性を模していたけど、年齢は明らかに何度か変化したわ」

サラスティはそれを聞いて尋ねた。「言語構成は?」

「船対船のプロトコルは完璧だった。語彙は豊富で、数隻の船のあいだのおしゃべりを傍受した程度のものじゃないわ。太陽系内の通信をすべて——少なくとも数年間は聞きつづけていたと思う。その反面、娯楽マルチメディアを見ていればすぐに身につくはずの語彙がほとんど存在しない。つまり太陽系に到着したのは、放送時代が終わったあとということね」

「語彙の使い方は?」

「句構造文法を使って、長距離依存関係が見られるわ。狭義言語機構(FLN)回帰は少なくとも四階層の深さで、コンタクトを続ければもっと深くなるはずよ。オウム返しじゃないってことね、ユッカ。規則を知ってるってこと。たとえばあの名前――」

「ロールシャッハ」ベイツがお気に入りのボールを握りつぶしながらつぶやいた。「興味深い選択だ」

「記録をチェックしてみたわ。火星航路のアイキャンの貨物船に〈ロールシャッハ〉というのがあった。たぶん向こうは自分自身を、わたしたちが船を見るような感じで見てるんだと思う。だからこっちの船の名前を流用したのね」

スピンデルがおれの隣の席に滑り込んできた。調理場で元気をつけてきたらしい。片手にはゼラチンのようなコーヒーの球形容器がきらめいていた。「太陽系内のあらゆる船名の中から、よりによってあの名前を選んだって？　無作為に選んだにしてはシンボリックすぎないか？」

「無作為じゃないと思う。めずらしい船名は何か言われることが多いわ。〈ロールシャッハ〉の操縦士がほかの船とのやり取りの中で〝おいおい、何て妙ちくりんな名前なんだ、〈ロールシャッハ〉〟みたいなことを言われて、もとになった専門用語について即席でコメントしたんじゃないかしら。それが電磁波に乗って広がったのを聞けば、船名と本来の意味だけじゃなく、文脈上どう受けとめられるかもわかるわ。われらが異星の友はたぶんそういうやり取りを山ほど立ち聞きして、馴染みのないものの名前には〈ロールシャッハ〉のほうが、たとえば〈SSジェイミー・マシューズ〉なんかよりふさわしいと判断したんでしょうね」

「縄張り意識が強くて、しかも頭が切れる」スピンデルは顔をしかめ、椅子の下からマグカップを取り出した。「すばらしい」

ベイツは肩をすくめた。「縄張り意識というのは、たぶんそのとおりだろう。かならずしも攻撃的なわけではない。実際、その気になったとしても、こちらを攻撃できるのかどうか」

「できるさ。あのスキマー――」とスピンデル。

少佐は却下するように片手を振った。「大型船はコース変更に時間がかかる。こっちに突っ込んでこようとしても、その前にすぐにわかる」彼女はテーブルを囲む面々を見まわした。「奇妙だと感じているのはわたしだけか？　恒星間テクノロジーを持ち、超木星級の天体を改造し、隕石をゾウのパレードみたいに自由に操れるのに、身を隠している？　われわれから？」

「何か別のものがいるのかもしれないわ」ジェームズが不安そうに指摘した。

ベイツは首を横に振った。「あの隠れ蓑は指向性だ。われわれにだけ姿を見せないようにしている」

「そして、われわれにさえ覗き見ることができた」とスピンデル。

「そのとおり。そこで向こうはプランBに切り替えた。今のところはこけおどしと、曖昧な警告だな。要するに、巨人を相手にしている気がしない。ロールシャッハの行動はどこか

――即興的だ。われわれの出現を予期していたとは思えない」

「それはそうだろう。バーンズ＝コールフィールド彗星が――」

「今も対処しかねているように思える」

「ふむ」スピンデルは考え込んだ。

少佐は無毛の頭を片手で撫でた。「狙撃されたとわかっているのにわれわれがそのままあきらめると、どうして思ったのか？　あちこち探索するに決まっている。バーンズ＝コールフィールド彗星はわれわれの足止めを狙ったのだと思う。わたしが彼らなら、いずれはここにもやってくると予測する。たぶんその時期を読み違えたんだろう。われわれが向こうの予想よりも早く、まだ着替え中のうちに到着してしまった」

スピンデルは球体容器を破り、中身をマグカップに注いだ。「あれほどの切れ者にしてはずいぶん大きな計算ミスじゃないか、ええ？」湯気に触れてホログラムが活性化し、ガラスの焦土と化したガザ地区を思わせる輝きを放った。ジェル化コーヒーの香りが共用部に立ち込める。「一平方メートル間隔で人類のことを調べたっていうのに」

「そこで何を見たと思う？　アイキャン。太陽帆船。カイパー・ベルトに到達するのに何年もかかる船。しかもそれらが出発してしまったら、予備の船はない。テレマターは当時、まだボーイング社のシミュレーターと半ダースほどのプロトタイプがあるだけだった。見落としても無理はない。囮を一つ用意しておけば、必要な時間は稼げると踏んだんだろう」

「何のために必要な時間？」とジェームズ。

「リングサイドで考えていてもわからないだろう」ベイツが答えた。

スピンデルは虚弱な手でマグカップをつかみ、コーヒーを飲んだ。コーヒーはカップの中でぷるぷると震え、ドラムの弱い重力下で表面を波打たせた。ジェームズがかすかに非難するように唇をすぼめる。重力が変動する環境下で蓋のない容器に液体を入れるのは、技術的には禁止事項だ。器用さに問題を抱えるスピンデルのような人間にとってはなおさらだった。

「つまり、警告ははったりだってことか」しばらくしてスピンデルが言った。

ベイツがうなずく。「わたしはそう思う。ロールシャッハはまだ工事中だ。何らかの自動システムを相手にすることになるだけかもしれない」

「だったら、立入禁止の札は無視して芝生に踏み入るか？」

「余裕はあるのだから、時間をかければいい。無理をする必要はない」

「へえ。今ならまだ対処できるかもしれないのに、向こうが成長して無敵になるまで待とうっていうのか」スピンデルは身震いし、コーヒーを置いた。「どこで軍の訓練を受けたんだ？　チャンス見逃しアカデミーか？」

ベイツは挑発を無視した。「ロールシャッハが成長しているからこそ、しばらく手出しを控えるべきだと思う。あの存在の――成熟といえばいいのか――そう、成熟した姿がどんなものか、まったくわかっていない。もちろん、今は身を隠している。地球でも、小動物が猛獣もいないのに身を隠すのはよくあることだ。とくに子供のときは。もちろん……相手は答えをはぐらかしている。われわれの求める答えを提供していない。だが、知らないのかもしれないとは考えられないか？　人間でも、胎児を訊問して何になる？　大人はまったく別の生き物だ」

「大人はわれわれを挽肉にするかもしれないぞ」

「それは胎児でも同じだ」ベイツは天を仰いだ。「くそ、アイザック、あんたは生物学者だろう？　窮鼠猫を嚙むってことはよくあるんだと、どうしてわたしが説明しなくちゃならないんだ。ヤマアラシは別にトラブルを起こしたいわけではないが、それでも警告を無視してちょっかいを出せば、顔じゅうに棘を受けることになる」

　スピンデルは何も言わず、凹面になったテーブルの上でマグカップを動かして、手が届くぎりぎりのところまで横に押しやった。カップが傾いてもコーヒーはこぼれず、黒い円形の表面は縁と平行のままだ。中央部がわずかに盛り上がっているのさえわかるような気がした。

　スピンデルは小さく笑みを浮かべてそれを見つめている。

　ジェームズが咳払いした。「アイザック、あなたの不安もわかるけど、外交ルートがなくなったわけじゃないわ。向こうは少なくとも話をする気があるわけだし。こっちが望むほど協力的じゃないとしても」

「確かに話はする」スピンデルはまだマグカップから目を離さない。「でも、われわれのようにではない」

「それはまあ、多少の——」

「単にのらりくらりとしてるんじゃなく、ときどき失語症的になることに気がつかないか? 似た名詞を言い間違えることもある」

「立ち聞きだけで言語を習得したにしては、とても流暢（りゅうちょう）だわ。話を組み立てるのはわたしたちより効率的に思えるくらいだし」

「のらりくらりと言い抜けるためには、効率的に言語が使えなくちゃならないだろう、ええ?」

「相手が人間だったら、そういうこともあるでしょうね」とジェームズ。「でも、のらりくらりしているように見えるのは、小さな概念ユニットに依存してるからだとも考えられるわ」

「概念ユニット?」とベイツ。おれは彼女がサブタイトルを使わないようにしていることに気づいた。

ジェームズがうなずく。「一連のテクストをフレーズ全体ではなく、単語ごとに処理するみたいなことね。ユニットが小さいほど構造変換は速くなる。とても高速な意味論的反射が可能になるわ。欠点は論理レベルを一定に保つのが難しいこと。大きな構造の中のパターンほど、配置が入れ替わったりしがちだからね」

「わお」スピンデルが背筋を伸ばした。液体の求心的な挙動のことなどすっかり忘れているようだ。

「わたしが言いたいのは、かならずしも意図した欺瞞（ぎまん）じゃないのかもしれないってこと。一つのスケールで情報を記述する実体は、別のスケールの矛盾に気づくことができない。そのレベルに意識的にアクセスすることさえできないかもしれないわ」

「きみが言ってたのはそれだけじゃなかったと思うが」

「アイザック、この相手に人間の規範を適用することは――」

「きみが何をしてるんだろうと思ってね」スピンデルは記録のコピーに飛び込んだ。すぐに引用をすくい上げて戻ってくる。

あなたが致死的と考える環境の情報を求めます。
致死的な環境に暴露された際の、あなたの反応についての情報を求めます。

喜んで応じよう。だが、きみにとっての致死性はわたしとは異なる。多くの移民性（ミグレイティング）の環境が存在するのだ。

「きみは相手を試したんだ！」スピンデルが勝ち誇ったように言った。唇を舐（な）める。頬が痙攣した。「感情的な反応を引き出そうとして！」

「ちょっとした思いつきよ。何の証明にもならなかったわ」

「違いはあったのか？　相手が反応する時間に？」

ジェームズはためらい、かぶりを振った。「あさはかな考えだったのよ。変数はほかにもたくさんあるのに。こちらとしては相手がどのくらい――つまり、異星人なんだから……」

「典型的な症状じゃないか」

「症状？」おれは疑問を声に出した。

「人間のベースラインとは異なるっていうだけのことよ」ジェームズが言った。「だからってここにいる誰も、相手を見下すことなんてできないわ」

「症状って何のことだ？」おれは重ねて尋ねた。

ジェームズがかぶりを振り、スピンデルがおれの問いに答えた。「あんたも聞いたことがあるんじゃないか、ええ？　早口でしゃべって、良心はなく、言い間違いが多くて、自己矛盾していて、感情の影響を受けない」

「相手は人間じゃないのよ」ジェームズがやや落ち着いた口調で言った。

「だが、これが人間だったら、ロールシャッハは臨床的にはソシオパスだ」

サラスティはこのやり取りのあいだずっと黙り込んでいた。いざその言葉が口にされ、気がつくとおれ以外の誰もサラスティを見ようとはしていなかった。

ユッカ・サラスティがソシオパスだということはもちろん全員が知っている。儀礼上、ほとんど誰も指摘しないだけだ。

スピンデルにそんな配慮は存在しなかった。あるいはそれは、彼がサラスティのことをいちばんよく理解しているからかもしれない。彼は怪物の裏側を、その有機体としての部分を見ることができる。はるか古代に彼らが餌食にしていた人間と同じ、自然選択の産物として。その視点が心の平安をもたらすのだろう。彼はサラスティの視線を正面から受けとめて、たじろがずにいられる。

「あのあわれなくそったれのことは気の毒に思ってるんだ」彼は訓練のとき、そんなことも言っていた。

ばかげていると感じる者もいるだろう。あまりにも多くのマシン・インターフェースを肉体に接続したため、きちんとケアと補給を受けないと自身の筋肉運動さえままならない男、X線を聞いて超音波を見ることもできるのに、機械的な補助がないと指先の感覚さえない男が、ほかの誰かを気の毒がる？　しかもその相手が赤外線視力を持った、一片の悔悟すらなく人間を殺せる猛獣だとなれば。

「ソシオパスに共感するというのは、あまり一般的じゃないな」おれは感想を述べた。

「もっと共感してもいいのかもしれない。少なくともわれわれは——」スピンデルが片手を振った。シミュレーターの向こうの遠隔リンクセンサー群が小さく音を立てて回転する。

「――共感能力を付加することを〝選んだ〟のだから。吸血鬼はソシオパスであることしかできない。獲物にあまりにも似すぎているんだ――分類学者の多くが、吸血鬼を亜種とすら考えていないのを知っていたか？　交雑が可能なほどの近縁種なんだ。異種族というより、症候群なのかもしれない。人肉食が必須になる、構造的変化をともなう疾患だよ」

「それがどういう――」

「同族の血肉しか食えないとなったら、まっ先に捨てられるのは同情心だ。その場合、サイコパスになるしかないだろ、ええ？　単なる生存戦略だよ。でもやっぱり人間はぞっとして――鎖につないでおこうと考える」

「十字架恐怖症を治療すべきだったと思うのか？」なぜそうしなかったのかは誰でも知っている。自分たちを餌にする猛獣を安全装置もなく復活させるなんて、愚の骨頂だ。吸血鬼はすべてそのように条件づけられていた。サラスティも抗ユークリッド剤を定期的に注射しないと、四枚ガラスの窓を見た瞬間に大発作を起こす。

だが、スピンデルはかぶりを振った。「治療は不可能だったろう。いや、可能だったかもしれないけど、あれは視覚野と密接に結びついてるだろ、ええ？　吸血鬼の全方位サヴァン能力の源泉だよ。それを治療してしまったら、パターン認識能力が失われる。それじゃ何のために復活させたんだ？」

「知らなかったな」

「まあ、これは公式説明だ」スピンデルはしばらく黙り込み、口の端を歪めた。「プロトカドヘリン経路については、そのほうが都合がよかったんで、治療してるからな」

おれはサブタイトルした。コン・センサスが文脈を解析し、プロトカドヘリンγ-Yを説明する。吸血鬼が自らの体内で作り出せない、ヒト科生物にとっての魔法の脳内タンパク質だ。人間を獲物にできないとき、吸血鬼がシマウマやイボイノシシを代用品にしなかった理由であり、直角が彼らの命運を定めた理由でもある。

「どっちにしろ、あいつは……切り離されていると思うんだ」スピンデルの口の端をチックが引きつらせた。「一匹狼だな。仲間は羊しかいない。それって孤独なことだと思わないか?」

「吸血鬼は群れない」とおれは指摘した。血の風呂にでも入りたいというのでない限り、同性の吸血鬼をいっしょにすべきではない。彼らは単独で狩りをして、きわめて縄張り意識が強い。捕食者と獲物の持続可能な比率は最小で一対十——更新世を通じて、獲物の分布はとても薄かった——であり、吸血鬼が生存するための最大の障害は、同じ種族の競合者だった。自然選択は彼らに仲間と協調することを教えなかったのだ。

だが、それでもスピンデルは引き下がらなかった。「だからサラスティが孤独を感じないってことにはならない。孤独を癒すことができないというだけだ」

彼らは言葉を知っていても、その意味を理解していない。
——ロバート・D・ヘア『診断名サイコパス』

それには巨大な丸いパラボラ形の、多数の鏡を使う。どれもあり得ないくらい薄く、直径は人間の背丈の三倍ほどあった。〈テーセウス〉はそれを巻き取り、徐々に減少している貴重な備蓄反物質を詰め込んだ〝かんしゃく玉〟に接続した。十二時間後、それらは正確な弾道軌道を描いて紙吹雪のようにばらまかれ、安全なところまでじゅうぶんに距離が開くと発火した。かんしゃく玉はネズミ花火のように回転しながらあらゆる方向に散開し、ガンマ線の航跡を引いて燃えつきる。巻いた鏡はそのまま滑空し、展開して、虚無の中で銀色の昆虫のように羽根を広げた。

はるか遠方では四十万個の異星のマシンが弧を描いて燃えているが、気づいた様子はなかった。

ロールシャッハはビッグ・ベンの大気圏のわずか千五百キロ上を周回していた。一周四十時間足らずの、無限の高速円運動だ。ふたたび接近してくる前に、鏡はすべておれたちの〝盲点〟の外に配置された。ビッグ・ベンの赤道部の一端がコン・センサスに拡大表示される。そのまわりに爆発したように広がるのは鏡のアイコンだ。まるで巨大な複眼をばらばらにして並べなおしたようだった。制動装置はついていない。鏡がどれほど有利な配置になったとしても、長くそのままになっているわけではなかった。

「これでいい」ベイツが言った。

幻影が上手(かみて)側にあらわれた。爪の半分くらいの大きさの渦巻く小さな混沌が、腕ほどの長さに連なっている。純粋な熱の揺らぎで、それを見て何かがわかるわけではないが、無数の鏡の一つ一つが遠くから光を反射してきていた。一枚に映っているのは最後のプローブが送ってきたような断片的な映像——不可視のプリズムでわずかに歪(ゆが)んだ黒い雲の一部——で、どれも異なる角度に屈折している。天から降り注ぐその無数の映像を船長がふるいにかけ、整列させて、全体像を再構成するのだ。

細部がわかるようになっていく。

最初はかすかな銀色の影、赤道上空の雲の帯に紛れて消えそうな、小さな窪みのようなものでしかなかった。円盤状に見える惑星の端から出てくるのがかろうじてわかる——川の中に沈んだ岩、雲の中の目に見えない指、大気を攪乱(かくらん)して境界層を作り出す乱流。

スピンデルが顔をしかめ、「羊斑効果だな」と言った。サブタイトルを参照し、それが太陽黒点の周囲にあらわれる光輝だとわかる。ビッグ・ベンの磁場に生じた結節だ。

「もっと上」とジェームズ。

雲の中の窪みの上を何かが浮遊していた。海上を飛行する機体の対地効果で海面が押し下げられるような感じだ。その部分をズームする。木星の十倍の質量を有するオオアサ準矮星に比べると、ロールシャッハはとても小さく見えた。

〈テーセウス〉に比べたらとてつもなく巨大だが。

形は単なるトーラスではなく、もつれた結び目になっている。ファイバーグラスでできたループや橋や尖塔が絡み合った、都市サイズの混沌の塊だ。表面の質感は知りようがないので、つるつるだった。コン・センサスは光の屈折で謎の物体の形状を再現しているにすぎない。それでもなお、暗く不気味ではあるが、そこには一種の美が認められた。黒曜石のへビと濁った水晶の棘が絡まり合っているような。

「また話しかけてきたわ」ジェームズが報告した。

「応答を」サラスティはそれだけ言うと、回線を切ってしまった。

ジェームズが応答し、四人組が人工物と会話しているあいだ、ほかの者たちはその内容を立ち聞きした。映像は時間とともに崩れていった——鏡がそれぞれのベクトルに従って離散し、視界が一秒ごとに劣化していくのだ——が、コン・センサスはそのあいだに判明した事実を総合していった。ロールシャッハの質量は一・八×一〇の一〇乗キログラム、体積は二・三×一〇の八乗立方メートルだった。磁場は電波強度と羊斑効果から、太陽の数千倍の強さがあると考えられた。驚いたことに、一部の映像には構築物のまわりに彫られた細かい螺旋状の渦巻きがとらえられていた（「フィボナッチ数列だ」スピンデルが片目でちらりとわたしを見て言った。「相手は完全に異質な存在というわけでもないようだな」）。ロールシャッハの無数の脊椎のうち少なくとも三本で、回転楕円体の突出部が均衡を損なっていた。螺旋の線刻もその部分では間隔が広がり、まるで感染症でこぶができ、その部分の皮膚がふくらんで伸びているかのようだ。鏡の一つが可視範囲から出ていく直前、別の脊椎の一部をとらえた。全長の三分の一あたりで折れていて、引きちぎられた破片が真空中に力なく浮かんでいる。

「誰かこんなのは嘘だと言ってくれ」とベイツ。

スピンデルがにやにやしながら答えた。「胞子嚢か莢かな？　何がいけない？」

ロールシャッハが生殖するかどうかはともかく、ビッグ・ベンの輪を構成するデブリを安定的に吸収し、成長しているのは間違いなかった。現在の距離なら、その様子がはっきりと観察できた。山ほどもある岩から小石まで、すべてが排水口に流れ込むごみのように、渦を描いて吸い込まれていく。衝突してくる粒子はそのまま吸着していた。まるで巨大なアメーバだ。取り込んだ質量は内部で処理し、成長ゾーンに移送するのだろう。相対成長の変化率がきわめて小さいことから、無数にある枝先を伸ばしているようだ。

成長は休みなく続いている。ロールシャッハは倦むことを知らなかった。

恒星間の深淵で起きているにしては、吸収される物質の軌道が奇妙だった。決定的にカオス的なのだ。黒帯のケプラー論者が宇宙的なぜんまい仕掛けのおもちゃのように全システムを設定し、一蹴りして動きださせ、あとはすべて慣性に任せたとでもいったような。

「こんなことが可能とは思わなかった」ベイツが言った。

スピンデルは肩をすくめた。「なあ、カオス軌道だって、ほかのあらゆる軌道と同じく、完全に計算できるんだぞ」

「それは予測可能というのと同じではないし、ましてや、あんなふうになるように設定できるわけがない」映像のきらめきが少佐の無毛の頭に反射した。「百万もの変数の初期条件を、小数点以下十桁まで知っておかなくては不可能だ。誇張でも何でもなく、文字どおりにだ」

「まあな」

「そんなことは吸血鬼にもできない。量子コンピューターでも不可能だ」

スピンデルは操り人形のように肩をすくめた。

そのあいだも四人組はめまぐるしく人格を入れ替えながら見えない相手と話し合っていた。相手は――四人組がいくらか努力しても――〝きみたちはここが気に入らないだろう〟という意味のことを無限のバリエーションでくり返す以外、ほとんど何も言っていなかった。どんな質問にも同じ意味の答えが返ってくるのだが——それでいて、なぜか質問の答えが得られたという印象だけは残るのだ。

「ホタルを送ってきたのはあなたなの？」サーシャが尋ねた。

「いろいろなものをいろいろな場所に送った」とロールシャッハ。「そのもののスペックがわかるかね？」

「仕様はわからないわ。ホタルは地球全体を包み込んで、燃えつきたの」

「だったら、そこを調べるべきではないかね？ 子供たちは自力で飛ぶものだ」

サーシャは外部通信の音声を消した。「誰を相手に話してるかわかる？ ナザレのイエスその人よ」

スピンデルはベイツを見た。ベイツは両のてのひらを上に向け、肩をすくめた。

「わからないの？」サーシャはかぶりを振った。「最後のやり取りは〝われわれはカエサルに税を支払うべきか？〟って聖書の文句に呼応してる。カエサルのものはカエサルにってことよ」

「われわれの配役はパリサイ人か。ありがたいね」とスピンデル。

「ちょっと、ユダヤ人を持ち出すなら……」

スピンデルは天を仰いだ。

おれはそのときはじめて気がついた。サーシャのトポロジーに小さなほころびが見える。切り子面の一つが蠅の糞ほどの疑念に汚れていた。「このままじゃどうにもならないわ。裏口を試してみましょう」サーシャが引っ込み、ミシェルが外部通信を再開した。「〈テーセウス〉よりロールシャッハ、質問があれば答えます」

「文化的なやり取りはわたしに効果がある」とロールシャッハ。

ベイツは眉をひそめた。「それでいいのか？」

「情報を与えるつもりがなくても、訊きたいことはあるかもしれないわ。どんな質問をするかでいろいろなことがわかるのよ」

「だけど――」

「故郷のことを話してもらいたい」ロールシャッハが要請した。

サーシャが一瞬だけ表にあらわれて言った。「心配しないで、少佐。全部正直に答えるとは言ってないわ」

四人組のトポロジーの小さな汚点はミシェルに交替して揺らいだが、消えることはなかった。ミシェルが想像上の故郷のことを話すと、汚点は少し大きくなった。差し渡しが一メートル以下のものにはいっさい触れないようにしている（コン・センサスもおれの推測を確認した。ホタルの解像度の限界が一メートルと考えられているからだ）。クランチャーがめずらしく表に出てきた。

「われわれ全員に親やいとこがいるわけではない。血縁をまったく持たない者もいるし、タンクから生まれる者もいる」

「なるほど。悲しいことだ。タンクというのはいかにも非人間的だな」

汚点が黒さを増し、油を流したようにクランチャーの顔の上に広がった。

「信頼を重視しすぎだわ」ややあって、スーザンが言った。

サーシャがふたたびミシェルと交代したとき、汚点はもはや疑念ではなく、洞察に育っていた。肉体を共有する四人の心に順次感染していく、黒く小さなミームだ。四人組は何かを追跡している。それが何なのか、まだわかっていないようだが。

おれにはわかっていた。

「いとこのことをもっと話してくれ」ロールシャッハが求めた。

「いとこは泣きながら木に登るわたしを追いかけました。姪や甥やネアンデルタール人も。腹を立てているいとこのことは、好きではありません」

「その木について知りたい」

サーシャは外部音声を消し、〝この上なく明白でしょ?〟という視線をおれたちに向けた。「今のを言語解析できたはずがないわ。両義表現が三つも入ってるの。だからそれを全部無視したのよ」

「いや、詳細を尋ねただけだろう?」とベイツ。

「後追いの質問をしたのよ。この二つはまったく違うわ」

ベイツはまだ要領を得ない顔だが、スピンデルは理解しはじめたようだった。

小さな動きがおれの目を引いた。サラスティが戻ってきて、明るく光る輪郭図の上に浮かんでいる。その頭が動くたび、ヴァイザーに映った歪(ゆが)んだ線図も変化する。ヴァイザーの奥にある目が感じられるような気がした。

そして彼の背後に、何か別のものを。

何なのかはわからない。何か場違いなものが背後にいるという、漠然とした感覚があるだけだ。ドラムのいちばん奥に、そこにいるべきではないものがいる。いや、そうじゃない。もっと近く、ドラムの軸に沿ったどこかだ。だが、目に見える限りでは何も存在しない――脊髄束(せきずいそく)の剝(む)き出しのパイプや導管が走っているだけ――

と、いきなりすべてが正常に戻った。目の焦点がはっきりと定まる。異常は消失し、一瞬のうちに平常に復していた。変化が生じていた脊髄束のどの部分にもきちんと焦点が合う。今や場違いなものはどこにもなかった――が、あったのは間違いない。おれの意識下ぎりぎりのところにあって、もうちょっとで表面に顔を出すところだった。集中すれば呼び戻せるはずだ。

サーシャはレーザー光の反対側にいる異星の人工物に話しかけている。話題は家族や親戚に関することだった――進化的な意味と日常的な意味の両方で。ネアンデルタール人やクロマニヨン人や母方のいとこが登場している。話はすでに何時間も続き、まだあと何時間も続きそうだが、今のおれにはむしろ気が散るだけだった。サーシャの声を閉め出し、記憶を探って、もう少しでとらえられそうだった存在に意識を集中する。一瞬前、確かに何かを〝見た〟のだ。導管の一本に――そう、パイプの継ぎ目の数が多すぎた。滑らかにまっすぐ伸びているはずの部分に、はっきりと区切りがあった。その一本だけではない。あるはずのないパイプ、何か余分なもの、何か――

骨っぽいもの。

どうかしてる。ここには何もない。故郷から半光年も離れて、姿を見せない異星人と家族関係を話題にし、おれの目は幻を見ている。

同じことがまたあったら、スピンデルに話してみなくてはならないだろう。

背景のおしゃべりがとだえたのに気づき、おれは注意を戻した。サーシャが話すのをやめていた。黒い汚点が雷雲のように、彼女のまわりを取り巻いていた。おれは彼女が最後に送信した言葉を再生した。「甥たちはたいてい望遠鏡で見ます。あの子たちはみにくいので」

またしても計算された両義表現だ。

サーシャの目には切迫した決意が感じられた。崖っぷちでかろうじてバランスを取り、眼下の黒い水の深さを推し量っている。

「父親のことにまったく触れないのだな」ロールシャッハが指摘した。

「そのとおりです、ロールシャッハ」サーシャは穏やかに肯定し、一息入れて——

一歩踏み込んだ。

「だとしたら、おれの毛深くてでっかいモノをしゃぶってみせろよ」

ドラム内が瞬時に静まり返った。ベイツとスピンデルはぽかんと口を開け、目を丸くしている。サーシャが通信を切り、こっちに向きなおった。口から上がもげて落ちそうな満面の笑みを浮かべている。

「サーシャ、頭がおかしくなったのか?」ベイツが詰問した。

「だったらどうする? 向こうにとってはどうでもいいことよ。わたしが何を言ったのか、まったくわからないから」

「何だって?」

「自分が何を言い返したのかも、まったくわかってないはずよ」

「ちょっと待て。あんたは——スーザンは、オウム返しにしてるんじゃないと言ってたはずだ。向こうも規則を理解してると」

スーザンが前面に出てきた。「そう言ったし、そのとおりよ。でも、パターン・マッチングは理解とは違うわ」

ベイツはかぶりを振った。「つまりわれわれが話しかけている相手には——知性がないと？」

「いいえ、もちろん知性はある。ただ、話す内容には意味がないということね」

「だったら何なんだ？　質問に対してあらかじめ決められた回答を送り返す、ボイスメールみたいなものか？」

スピンデルがゆっくりと割り込んだ。「むしろ中国語の部屋だな……」

そろそろわかってもいいころだと思っていた。

中国語の部屋のことはもちろんよく知っている。おれ自身がそうなのだ。秘密にさえしていなくて、興味を持った人間に訊かれれば、ありのままに話している。

あとから考えれば、それが間違いだった場合もあった。

「自分自身が理解していないのに、どうすればほかの人に最先端の話を説明できるわけ？」と尋ねたのはチェルシーだった。まだうまくいっていたころ、彼女がおれの本性を知る前のことだ。

おれは肩をすくめた。「理解するのはおれの仕事じゃない。おれに理解できたとしたら、そんなものは最先端じゃないよ。おれは単なる、そうだな、導管なんだ」

「ええ、でも、理解できないものをどうやって翻訳するの？」

門外漢がかならずする質問だ。パターンはその表面に貼りついた意味内容とは別に、それ自体が情報なのだが、これはなかなか受け入れにくいことらしい。トポロジーを正しく操作しさえすれば、内容はそこに乗っかってくるのだが。

「中国語の部屋って聞いたことはないか？」

チェルシーは首をかしげた。「ぼんやりとは。大昔の話でしょ？」

「百年以上前かな。チューリング・テストを騙すための欺瞞、思考実験として考えられたものだ。人間を一人で小部屋に閉じ込めて、壁のスロットからそいつの知らない文字が書かれた紙片を入れる。小部屋にはそれと同種の文字の厖大なデータベースと、文字を組み合わせる規則が書かれた分厚いルールブックが置いてある」

「文法書ね。統語論」

おれはうなずいた。「重要なのは、その文字が何なのか、そこにどんな情報が含まれているのか、そいつがまったく知らないって点だ。そいつはただ、たとえばデルタって文字を見たらシータのファイルから五文字めと六文字めを取り出して、それを別の文字ガンマのあとにくっつける、といった手順しか知らない。そうやって作った回答を紙に書いてスロットから外に放り出したら、あとは昼寝でもして、次にまた同じことがくり返されるのを待つ。そいつをくたくたになるまでやりつづけるわけだ」

「それが会話になっているわけね。中国語でってことなんでしょう。スペイン語の異端審問でもいいけど」

「そのとおり。要点は、基本的なパターン・マッチングとアルゴリズムがあれば、自分が何を言っているのかまったくわからなくても会話が成立するってことだ。ルールブックがしっかりしてれば、チューリング・テストだって騙せる。一言も知らない言語で、ウィットに富んだ話上手になれるわけだ」

「それが統合者？」

「意味論のプロトコルの簡素化という意味で、そうとも言える。原理的にはってことだけど。おれは広東語（カントン）のインプットに対してドイツ語をアウトプットすることもできる。ただの導管というより、通訳だから。でもまあ、基本はそういうことだ」

「どうやってルールやプロトコルを決めているの？　何百万て数になるはずでしょ？」

「それはまた別の話だ。一度ルールを学んでしまえば無意識にできるようになる。自転車に乗ったり、ヌースフィアに接続したりするようなものだ。プロトコルを選択する必要さえない——標的の動きを想像するだけさ」

「ふうん」チェルシーの口もとにかすかな笑みが浮かんだ。「でも——それは騙したことにならないわ。筋の通るやり取りができても、あなたが広東語やドイツ語を理解してるわけじゃない」

「システムが理解してる。データベースも含めた小部屋全体が。文字を書いてる人間は構成部品の一つなんだ。頭の中のニューロン一つ一つが英語を理解してるわけじゃないだろ？」

「一つしか使えない場合だってあるわ」チェルシーはかぶりを振った。放り出す気はないらしい。質問を優先順位に従って整理しているのがわかる。質問を徐々に……個人的なものに……

「当面の問題に話を戻すと」おれは機先を制してそう言った。「きみは指でどうやるのか見せてくれようとしてたわけだけど……」

いたずらっぽい笑みが彼女の顔から質問を一掃した。「おっと、そうだったわね……」

深入りするのは危険だった。要素が複雑になりすぎる。観察しているシステムに関与してしまうと、あらゆるルールがたちまちなまくらになり、錆びついてしまう。

それでもピンチになれば使いものにはなるが。

「今は隠れている。無力だ。突入する」サラスティが言った。

それは指示というより報告だった。おれたちは数日前から直線軌道でビッグ・ベンに接近している。たぶん中国語の部屋仮説がサラスティの決断を後押ししたのだろう。いずれにせよ、ロールシャッハはふたたび惑星の陰に入っており、おれたちは次の段階の侵入機動の準備にかかった。

〈テーセウス〉はつねに身重だ。工場では汎用プローブが常時培養され、緊急に必要が生じた場合に備え、誕生直前の段階で成長を抑えられている。ブリーフィングが終わったあと、船長は近接接触と地上行動にカスタマイズしたプローブの出産を指示した。プローブはロールシャッハが次に出現する十時間以上前に、巨大なGに耐えて炎を上げながら重力井戸を下り、飛びまわる岩の中に紛れて休眠状態に入った。計算が正しければ、ふたたび目覚める前にデブリに破壊されることはないはずだ。すべてがうまくいけば、無数の飛行物の配役を決めて編成している知性体は、余計な踊り子が一人いることに気づかないかもしれない。本当に運がよければ、たまたまプローブを視野に収めた高高度ダイバーは、異状を報告するようプログラムされていないかもしれない。

許容できるリスクだ。その程度の覚悟もないなら、家でおとなしくしていただろう。

おれたちは待機した。人間性の境界を越えて最適化されたハイブリッドが四人と、そんなおれたちを生きたまま食うのではなく指揮することになった絶滅した猛獣が一体、ロールシャッハがふたたび惑星の陰から姿を見せるのを待っている。プローブは滑るように重力井戸の周囲をめぐった。押しかけ外交官――あるいは、四人組が正しいなら、無人の大邸宅に押し入ろうとこっそり設置された裏口だ。スピンデルはそれを〝びっくり箱（ジャック・イン・ザ・ボックス）〟と名付けた――コン・センサスのリストにも載っていない、大昔の子供のおもちゃだ。おれたちはプローブの航跡を追っていった。今ではほぼ放物軌道で、それはビッグ・ベンの輪というカオス的な地雷原をすり抜けられるよう、慎重に計算したものだった。

だが、そんなことはケプラーにさえ完璧にはできないだろう。〈テーセウス〉はときどき短く不満そうなうめきを上げ、姿勢制御ジェットをふかした。船長が大渦巻きへの降下を制御して微調整を加え、そのたびに脊髄に震えが走るのだ。

　敵との接触が計画どおりいくことはない――そんな言葉が思い浮かんだ。出典はわからない。

「見えた」とベイツ。ビッグ・ベンの端から小さな点があらわれた。映像が即座にズームし、クローズアップになる。「近接映像」

〈テーセウス〉からは相変わらずロールシャッハが見えなかった。これだけ接近し、さらに接近しつづけているのに。それでも視差のおかげで、プローブの目からは少なくとも鱗（うろこ）の一部が落ちていた。視界では濁った水晶でできたような突起や螺旋（らせん）が鮮明になったりぼやけたりし、半透明の膜越しのように、ビッグ・ベンのどこまでも平坦（へいたん）な地平線が見えた。映像が揺らいだ。コン・センサスの波形も乱れている。

「磁場を安定させろ」とスピンデル。

「制動中（デルタV）」ベイツが報告する。ジャックが滑らかに反転し、制動噴射をかけた。戦術画面上で速度増加が赤字に変わる。

　このシフトで四人組の肉体を操っているのはサーシャだった。「信号受信。同一フォーマット」

　サラスティがコッと喉を鳴らした。「音声を」

「ロールシャッハより〈テーセウス〉。また会ったわね、〈テーセウス〉」今度の声は中年女性のものだった。

サーシャはにやりとした。「ね？　まったく気にしてないわ。毛深くてでっかいモノなんて言ったのに」

「応答するな」サラスティが言った。

「噴射完了」とベイツ。

慣性飛行に移ったジャックが――くしゃみをした。銀色のチャフが標的に向かって虚空に噴出した。何百万というコンパスの針が光を反射しながら、〈テーセウス〉が遅く思えるほどの速度で飛翔していく。チャフはたちまち見えなくなった。プローブはチャフが拡散し、レーザーの目をあらゆる角度に散乱させるのを見ていた。空を毎秒二回スキャンして、それぞれの反射を慎重に記録する。最初のうちこそ針はほぼ直進していたが、その後いきなりローレンツ力による運動に移行し、相対論に従って複雑な螺旋軌道を描きはじめた。ロールシャッハの磁場の輪郭がコン・センサスに表示される。一見すると、何層も重なったガラス製のタマネギの皮のようだ。

「こいつはすごい」スピンデルが声を上げた。

次の瞬間、タマネギは虫食いだらけになっていた。陥入が生じ、エネルギーのトンネルがあらゆるスケールでフラクタル状に広がっていく。

「ロールシャッハより〈テーセウス〉。ハロー、〈テーセウス〉。まだいますか？」

メイン・ディスプレイの横のホログラフが流体に三角形の三点を表示した。〈テーセウス〉が頂点、ロールシャッハとジャックが狭い底辺をなしている。

「ロールシャッハより〈テーセウス〉、そっちが見えるわ……」

「彼女は彼よりも気安げね」サーシャはサラスティを見上げたが、〝本当にこれでいいの？〟とは付け加えなかった。だが、自分でも疑念を感じはじめている。ここまで深入りしたところで、間違っているかもしれないという気持ちが芽生えていた。真剣に考えるには些末すぎるし遅すぎるが、サーシャにとってそれは進歩だった。

どっちにしろ、サラスティが決めたことだ。

ロールシャッハの磁気圏には巨大な輪がめぐっている。人間の目には見えない。戦術画面で見てさえ、その輪郭は消えそうなほどかすかだった。チャフがきわめて薄く分布して、船長さえ当て推量しかできない。巨大構造物が磁気圏の中で巨大な幻想ジャイロスコープのジンバルのように浮遊しているのが、ぼんやりと見えてきた。

「ベクトルが変化していないようね」とロールシャッハ。「このまま接近を続けるのは勧められないわ。真剣な話よ。あなたたちのためなの」

スピンデルがかぶりを振った。「なあ、マンディ、ロールシャッハはジャックに話しかけてるのか？」

「だとしてもわたしには判断できない。通信相手の表示も、指向性電磁波も、何もないんだ」ベイツは不気味な笑みを浮かべた。「レーダーの下にもぐり込んだようだ。それと、わたしをマンディと呼ぶな」

〈テーセウス〉がうめき、身じろぎした。おれは弱い擬似重力下でよろめき、手を伸ばして身体を支えた。「コース修正」ベイツが報告した。「予期しない岩があった」

「ロールシャッハより〈テーセウス〉、応答してちょうだい。現在のコースは認められません。くり返します。現在のコースは認められません。コースを変更するよう強く勧告するわ」

プローブはすでにロールシャッハの外縁部まで数キロのところに迫っていた。それだけ近いと磁場だけでなく、ロールシャッハ自体の存在が、便宜的なカラー・コードを使って表示できる。目には見えない曲面や突起がコン・センサス上にあらわれた。重力や反射率や黒体放射などが色分けされている。突起の先端の巨大な放電はレモン・イエローだ。グラフィックはユーザー・フレンドリーで、ロールシャッハの本体をアニメ絵のように見せていた。

「ロールシャッハより〈テーセウス〉、応答して」

船尾方向からうなる音が聞こえ、尾部が揺れた。戦術画面上に、また別のデブリが左舷六千メートルのところをかすめる様子が表示された。

「ロールシャッハより〈テーセウス〉、応答できないなら、どうか——くそったれ!」

アニメ絵が揺らめいて消えた。

おれには最後の瞬間に起きたことが見えていた。ジャックが幻想の輪のそばをかすめたとき、カエルの舌のようにすばやく、エネルギーの舌が飛び出してプローブをとらえたのだ。

「どういうつもりかわかったわ、くそ野郎ども。こっちが何も見えてないとでも思ってんの?」

サーシャの口もとが緊張した。「こちらは――」

「だめだ」とサラスティ。

「でも、相手は適――」

サラスティが喉の奥のほうでしゅっと音を立てた。哺乳類がそんな音を出すのを、おれははじめて耳にした。サーシャは即座に黙り込んだ。

ベイツは制御卓にかかりきりだった。「まだ受信して――たった今――」

「とっとと引っ返しな、くそども、聞いてる? とっとと引っ返せってんだよ!」

「捕捉。レーザーをとらえた」ベイツがプローブの信号を再感知し、声を押し出した。プローブは大きくコースをはずれていた。川を歩いて渡っていた人間が低層流に足を取られ、滝に投げ出されたかのようだった。だが、まだ動けるし、話もできる。

かろうじて。ベイツは懸命にコースを維持させようとした。ジャックはきつく巻き取ったようなロールシャッハの磁気圏の中で、コントロールを失いかけてよろめいていた。目の前には巨大な人工物が迫っている。映像はぐるぐる回転していた。

「接近を維持」サラスティが落ち着き払って指示する。

「喜んで」とベイツ。「やってるところだ」

〈テーセウス〉がまた震え、螺旋軌道を描いた。一瞬、ドラムのベアリングがきしむのを確かに聞いた気がした。戦術画面にまたしても船体をかすめる岩が映し出された。

「こうなるとわかってるもんだと思ってたよ」スピンデルが文句を言う。

「戦争を始めるつもり、〈テーセウス〉？　それが目的なの？　勝てると思ってるわけ？」

「攻撃はない」とサラスティ。

「どうかな」ベイツが低い声でつぶやく。自制しているのがよくわかった。「ロールシャッハが岩の弾道を制御できるとすると――」

「正規分布。修正はわずか」統計的に予測してよけられると言いたいらしい。船の揺れやきしみが急に重要なものに思えてきた。

「なるほど、そういうことね」ロールシャッハがいきなり言った。「わかったわ。ここには誰もいないと思ってるんでしょう？　高い金を取るコンサルタントか誰かに、心配はいらないって言われてるのね」

ジャックは深い森の中だ。通信速度の低下でオーバーレイ表示はほとんど消えてしまい、薄暗い光の中にロールシャッハのごつごつした脊髄がかろうじて見えている。脊椎一つが超高層ビルほどもあり、どちらに目を向けてもまるで悪夢の中だ。映像が揺らぎ、ベイツが懸命にビームを安定させようとする。コン・センサスは壁や空隙を複雑に塗り分けているが、おれにはどういう意味なのかわからなかった。

「わたしをただの中国語の部屋だと思ってるんでしょう?」ロールシャッハが嘲笑する。

ジャックが岩との衝突に備え、何かにつかまって姿勢を安定させようとした。

「勘違いよ、〈テーセウス〉」

プローブが何かにぶつかり、映像が揺れる。

いきなりロールシャッハの姿があらわれた――部分の映像でもなければ、色を塗り分けた輪郭でもシミュレーションでもない。やっと出現したのだ。人間の目にも見える形で。

茨(いばら)の冠(かんむり)を想像してみてもらいたい。ねじれていて、黒くて、光を反射せず、長く鋭い棘(とげ)が密生しているので、人間の頭にかぶらせるようなものではない。それを恒星になれなかった星の周回軌道に置く。弱々しい光を背景に、茨の冠はシルエットになって見えている。そのねじれた枝と鋭い棘が、燃え残った熾火(おきび)のように、ときおり血の色に染まる。それも本体の暗さを強調するばかりだ。

拷問そのものを体現した人工物を想像してみてもらいたい。あまりにも不気味にねじくれているので、何光年もの距離を隔て、生物学的にも外見的にもまったく異なっているのに、それ自体が苦しんでいると感じずにはいられない存在だ。

それを都市ほどの大きさに拡大する。

見つめているあいだも、それはゆらゆらと揺れていた。反り返った棘から長さ一キロもある放電が走る。コン・センサスは閃光に照らされた地獄図を表示しつづけた。巨大で、暗くて、ねじくれている。合成映像は嘘だった。美しさなど毛先ほども感じない。

「もう手遅れだ」何かが闇の奥で言った。「おまえたちは最後の一人まで死に絶える。スーザン、そこにいるか、スーザン？

まずはおまえからだ」

人生はチェスをするには短すぎる。

――バイロン卿

四人組とスピンデルは、中に入ってもハッチを閉めなかった。ドーム内では簡単に迷子になる。どっちを向いても百八十度、何もない無限の空間が広がっているのだ。それだけの虚空が必要なのだが、その中心にいると、錨（いかり）を下ろす場所も必要だった。船尾側からわずかに光が漏れてくる。ドラムからはかすかな風と、人声と機械音が流れてきた。空間の広がり、外界とのつながり、どちらもなくてはならないものだ。

　おれはじっと待ちつづけた。彼らが通過するときには、おれは行動にあらわれるいくつものわかりやすい手がかりを読みながら、すでに前部エアロックに入っていた。さらに数分待って、暗いブリッジに進む。

「もちろんスーザンの名前を呼ぶに決まっている」スピンデルが話していた。「その名前しか知らないんだからな。名乗ったのを覚えているだろう?」

「そうね」ミシェルはあまり安心したふうではなかった。

「相手は中国語の部屋だと言ったのはきみたちだ。あれは間違いだったのか?」

「それは——いいえ、もちろん間違いじゃないわ」

「だったら、実際にはスーズを脅迫してるわけではないということだ。ロールシャッハはわれわれの誰も脅迫などしてない。自分が何を言っているのかわかっていないんだからな」

「あれは規則に従っているのよ、アイザック。人類の言語を観察することで作り上げた、一種のフローチャートをたどっている。そんな規則が、ここでは暴力的な脅迫で応じるようにと指示したわけね」

「だが、自分が何を言っているのか理解していないなら——」

「理解していないわ。理解できないの。十九種類の別々の方法で向こうの発言を分析して、あらゆる長さの概念ユニットに当てはめてみたんだから……」長く深いため息。「でも、向こうはプローブを攻撃したわ、アイザック」

「ジャックがあの電極だか何だかに接近しすぎただけのことだ。単なる放電だよ」

「じゃあ、ロールシャッハが敵対的だとは思っていないの?」

長い沈黙があった——あまり長いので、おれがいることに気づいたのかと思ったくらいだ。

「敵対的」ようやくスピンデルが言った。「友好的。そういった言葉は地球での生活から学んだものだろう？　ここで適用できるのかどうかさえわからない」唇がかすかに音を立てる。「だが、何か敵意に似たものかもしれないとは思う」

ミシェルはため息をついた。「アイザック、あれにそんな理性は——つまり、そんなことを考える意識はないのよ。わたしたちにあれの望みを叶えることはできない」

「だが、放っておいてくれと言ってるわけだろう？　意味は理解できなくても」

二人はしばらく無言で隔壁の前に漂っていた。

「少なくとも、シールドはまだある。それは重要なことだ」スピンデルが言った。ジャックのことだけを指しているのではない。この船の甲殻も、今や同じ物質をまとっているのだ。おかげで備蓄物資の三分の二を食いつぶしたが、電磁スペクトルを楽々と操作する相手を前にして、通常の磁気シールドだけに頼る気にはとてもなれなかった。

「攻撃されたらどうすればいいの？」ミシェルが尋ねた。

「できるだけ相手のことを学んで、反撃できるうちに反撃する」

「反撃できればね。外を見て、アイザック。あれが胎児だろうと何だろうと構わない。こっちが希望も持てないくらい圧倒的に不利なわけじゃないって言って」

「不利なのは確かだが、希望も持てないくらいなんてことはないさ」

「前に言ってたことと違うわ」

「そうかもしれないが、勝算はつねにある」

「わたしがそう言ったら、希望的観測だって非難するくせに」

「きみが言えばな。わたしが言えば、それはゲーム理論だ」

「またゲーム理論？　勘弁してよ、アイザック」

「いや、聞くんだ。きみは異星人を、一種の哺乳類のように考えている。感情があって、投資効率を考える存在だと」

「どうしてそうじゃないって言えるの？」

「それじゃ何光年にもわたって拡散する子供たちを守れないからだ。向こうは独立独歩で、冷たく危険な宇宙に広がってる。ほとんど生き延びられないだろう、ええ？　できることといえば、何百万という子供を作り出し、そのごく一部だけがまったくのランダムに生き延びることに、冷徹な満足を覚えるだけだ。哺乳類的な感覚じゃないんだよ、メーシュ。地球でたとえるならタンポポの綿毛だな。あるいはニシンか」

静かなため息。「つまり向こうは恒星間ニシンだってことね。だからって、わたしたちを壊滅させられないことにはならないわ」

「でも、あらかじめわれわれのことを知ってたわけじゃない。タンポポの種は芽を出す前に、周囲の状況を知っていたりはしないだろう？　何もいないかもしれないし、風の中の麦わらのように吹き散らされる、能なしどもがいるだけかもしれない。あるいはマゼラン雲の途中まで連中のケツを蹴りとばすくらいの強大な相手か。何がいるのかは知りようがなくて、どんな事態になっても生き延びられるフリーサイズの生存戦略なんてものは存在しない。ある相手には有効でも、別の相手にはまったく役に立たないかもしれない。だから最良の選択は、確率に従って複数の戦略を混ぜ合わせることだ。いわば特定の目が出やすいサイコロで、ゲーム全体を見ればもっとも有利な結果が得られる代わり、個々のゲームではまったく間違った戦略を選ぶしかなくなることもある。ビジネス上の避けられないコストだな。それはつまり――現状に即して考えるなら――弱いプレーヤーが強い相手に勝つこともあるというだけでなく、特定のケースでは、統計的に、強いプレーヤーがかならず負けることとさえ意味する」

ミシェルは鼻を鳴らした。「それがあなたのゲーム理論？　統計的じゃんけん理論というわけ？」

スピンデルはじゃんけんを知らなかったようだ。サブタイトルを参照するくらいのあいだ黙り込み、馬のようにいなないた。「じゃんけん！　それだ！」

ミシェルは状況を消化した。「考え方はいいけど、それには相手がひたすら確率だけに頼って、こっちのことを事前に何も知らないっていう前提が必要だわ。でもね、向こうはわたしたちの情報をいろいろ持っているわけで……」

スーザンを脅迫してきたのだ。名指しで。

「何もかも知ってるわけじゃない」スピンデルは反論した。「それにこの原理は、相手がまったく無知な場合だけじゃなく、限られた情報しか持っていない場合にも適用できる」

「全面的にじゃないわ」

「それでも、部分的にはそうだ。それだけでもチャンスは生まれる。ポーカーがうまくなくても有利な手が来ることはあるだろう、ええ？　カード自体が確率に従うからな」

「つまりわたしたちはポーカーをやってるわけね」

「チェスじゃなくてよかったと思うべきだ。チェスだったら、かけらほどの希望もなかった」

「ちょっと、ここではわたしが楽観主義者だったはずでしょ」

「そのとおりさ。わたしは運命論的に陽気なだけだ。われわれ全員、物語をなかばまで体験し、できる限り事情を理解していて、すべてが終わる前に死ぬだろう」

「それこそわたしのアイザックよ。勝者のいないシナリオの大家」

「きみは勝てるさ。勝者とは、何がどうなっているのかをもっとも正しく推察した者のことだ」

「結局ただの推察なのね」

「まあな。で、きみはデータがないと情報に基づく推察ができないだろう、ええ？　われわれは人類全体に何が起きるかをまっ先に推察できるかもしれない。わたしに言わせれば、それだけで準決勝に残ったようなものさ」

ミシェルはかなり長いあいだ黙り込んでいた。ようやく口を開いたとき、その声は聞き取れないくらい小さかった。

スピンデルも同じだったようだ。「何だって?」

「成長して無敵になるって言ったのを覚えてる?」

「ああ。ロールシャッハが隠れ家を卒業する日だな」

「いつごろになると思ってるの?」

「わからない。だが、こっちが気づかないうちにいつの間にかそうなっていたということはないだろう。攻撃はないと考えるのも、それが理由だ」

サーシャはまだ質問を探しているようだ。

「そうなったときには、対話なんかに応じるような甘っちょろい相手ではなくなるということだ。やつが目覚めたら、われわれは思い知ることになるだろう」

背後に気配を感じ、おれは狭い通路で振り返って、思わず上げそうになった声を嚙み殺した。何かがのたくりながら角を曲がって消えていくところだった。腕が何本もあるものが、ちらりと見えただけで、すぐに姿を消す。

いるはずがない。こんなところに。あり得ない。

「今のが聞こえたか?」スピンデルの声がしたが、おれはミシェルが答える前にその場から逃げだしていた。

おれたちが接近したため、円盤はもう裸眼では円盤に見えなくなっていた。曲面でさえない。おれたちは壁に向かって落下していた。渦巻く黒い雷雲があらゆる方角に、どこまでも続く新たな地平線へと伸びていた。ビッグ・ベンは宇宙の半分を占めている。

落下はさらに続いた。

はるか眼下に、ロールシャッハの凹凸のある表面にヤモリのような足でしがみつき、キャンプを設営しているジャックの姿が見える。X線と超音波を表面に向かって放射し、指でまさぐり、エコーに耳を澄まし、小さな爆発を起こしてはその反響を測定する。花粉のような種も蒔いていた。自力で動く近視眼の、知能のない使い捨てのプローブやセンサーを何千とばらまいていく。ほとんどは何もできないままに終わるが、ランダムなチャンスに賭けるのだ。百に一つが生き延びて、役に立つ測定結果を送信してくればそれでいい。

送り込んだ斥候が自分の周囲の状況を測定するあいだ、〈テーセウス〉は雲に閉ざされた空から広範囲の鳥瞰図を作成していく。こちらも何千という使い捨てのプローブを射出して空全体にばらまき、何千という立体視映像のデータを同時に収集する。

パッチワーク状の映像はドラム内で合成された。ロールシャッハの表皮の六十パーセントは超伝導カーボンナノチューブだった。内部は大部分が空洞で、少なくともその一部は大気で満たされているらしい。もっとも、地球型生命体は一瞬も生きていられないだろう。構造体の外部でも内部でも、放射線強度と電磁力が複雑な等高線を描いているのだ。防護されていない肉体を瞬時に灰に変えるほど放射線が強い場所もある。比較的線量が低いところでなら、瞬時に死亡するだけですむかもしれないが。荷電粒子が目に見えないコースを相対論的な速度で飛びまわり、ぎざぎざの開口部から噴出し、中性子星なみの強度の磁場によってカーブし、開放空間で放電し、暗い塊の中に回収される。ときおり隆起ができてふくらみ、破裂して微小粒子の雲を放出し、胞子のように放射線帯全体にばらまいた。ロールシャッハはなかば剝き出しの二基のサイクロトロンがもつれ合ったものによく似ていた。

下のジャックも上の〈テーセウス〉も入口を発見できなかった。荷電粒子を吐き出したり回収したりする開口部はあるが、そこを通過するのは不可能だ。エアロックやハッチや舷窓らしきものは見当たらない。レーザー通信で脅迫されたことを考えれば光学アンテナか集束アンテナのようなものがありそうだが、それさえ見つからなかった。

フォン・ノイマン型マシンの特徴は自己増殖だ。ロールシャッハがこの特徴を備えているかどうかは不明だった――ある段階を超えると種子を蒔くのか、分裂するのか、子供を産むのか。すでにその段階を迎えたのかどうかも。

無数にある疑問のうちの一つ。そのすべての最後に――測定し、理論づけ、推論と推測を積み重ねた末に――軌道に乗ったおれたちは百万もの情報の断片を手に入れたが、答えは見えてこない。大きな疑問に関して言うなら、確実にわかっていることは一つしかなかった。

これまでのところ、ロールシャッハは撃ってきていない。

「自分の言ってることはわかっているように聞こえたな」おれは感想を述べた。

「そこが重要なんだと思う」ベイツが言った。彼女には秘密を打ち明ける相手がいなかった。立ち聞きができないので、おれは直接アプローチすることにした。

〈テーセウス〉は双子を産んでいた。一度に二組ずつ。見た目は不気味で、装甲した卵を押しつぶしたような形、人間の胸郭の倍くらいの大きさがあり、各種の器具を装備している。アンテナ、光学ポート、伸縮自在の糸鋸(いとのこ)。武器の銃口も見える。

ベイツが部隊を召集したのだ。おれたちは〈テーセウス〉の脊髄の基部にある物質合成工場の前に浮かんでいた。工場は兵士を甲殻の下——そこが本来の保管場所だ——に直接吐き出すこともできたが、ベイツは一体一体目で確認してから、通路の数メートル先にあるエアロックに送り込んだ。儀式なのだろう。軍隊の伝統。当然、肉眼で見えるようなものは、ごく基本的な自動診断でとっくに明らかになっている。

「何か問題でも?」おれは尋ねた。「あんたのインターフェースなしで動かすのか?」

「自力でも問題なく動く。ネットワークのノイズがなくなるから、反応時間はむしろ短くなるくらいだ。安全上の配慮だと思ってくれ」

〈テーセウス〉がうめき、またしても身体が振られた。船尾に向かって震動が走る。新たなデブリがあらわれ、針路を変更したのだ。船は赤道周回軌道に入ろうとしていた。ロールシャッハの軌道のほんの数キロ外側だ。しかも接近軌道が降着円盤を突っ切るという、正気とは思えないコースだった。

おれ以外の連中は気にもしていなかった。「道路の高速車線を突っ切るようなもんよ」サーシャはおれの懸念を一蹴した。「のんびり歩いてたら車にはねられる。スピードを上げて流れに乗ればいいの」と。だが、その流れは大乱流なのだ。ロールシャッハが話しかけるのをやめて以来、五分おきにコースを変更するはめになっている。

「あの話を信じてるのか?」おれはベイツに尋ねた。「会話はパターン認識、脅しははったり、心配することは何もないと?」

「誰も撃ってきていない」内心の声は〝まったく信じていない〟と言っていた。

「スーザンの説をどう思う? ニッチが違うから、対立する理由がないってやつ」

「筋は通っていると思う」〝まったくのたわごとだ〟

「必要とするものがまったく異なる存在に、おれたちを攻撃してくる理由があると思うか?」

「われわれが〝異なっている〟という事実自体が理由になるかどうかによるな」

ベイツのトポロジーに遊び場での諍いが見えた。おれ自身のも覚えがある。ほかにも同じようなものがあるのかどうかが気になった。

というのも、それがいちばん重要な点だからだ。人間というのは、肌の色やイデオロギーをめぐって本気で戦うことなどない。そんなものは血縁淘汰のためのわかりやすい口実だ。突きつめれば、戦いはつねに血統と限られた資源が原因なのだ。

「アイザックなら、それは別の問題だと言うだろう」

「たぶんな」ベイツは低いうなりを上げる兵士を一体、保管場所に送った。次の二体が並んであらわれる。脊髄の光が装甲に反射した。

「何体作ってるんだ？」

「押し込み強盗に入ろうとしているんだ、シリ。自宅を無防備のまま放っておくわけにはいかない」

おれは兵士を調べるベイツと同じように、彼女の表面を調べた。皮膚のすぐ下で疑念と怒りが揺らいでいた。

「現状はきびしいようだな」と感想を述べる。

「ここでは誰だってそうだろう」

「だが、あんたは全員の防衛に責任を負っている。相手がどんなやつなのかはまったくわからない。みんな推測するばかりで――」

「サラスティは推測しない。あの男が責任者になっているのはそれなりの理由があるんだ。命令の意図を尋ねてみても意味はない。われわれ全員、その答えを理解するにはＩＱが百ほど足りないからな」

「そうは言っても、誰も語ろうとしない猛獣としての側面がある。あれだけの知性と本能を共存させるのはさぞかし困難だろう。かならず知性が勝たなくてはならないんだ」

ベイツはその瞬間、サラスティが聞いていないかと気にしていた。だが次の瞬間にはどっちでもいいことだと思いなおす。家畜がおとなしく言いつけに従っている限り、何を考えているかなど気にするはずがない。

口に出したのはこんなことだった。「ジャーゴン屋が自分の意見を持つとは知らなかった」

「おれの意見じゃない」

ベイツは黙って閲兵(えっぺい)に戻った。

「おれが何をするかわかってるはずだ」

「まあな」ペアの片方が彼女の前を通過し、低くうなりながら脊髄を上昇した。ベイツが二体めに向きなおる。「ものごとを単純化するんだろう。現場の専門家が何をしているのか、地球の人間たちにも理解できるように」

「そういう側面もある」

「わたしの行動は翻訳不要だ、シリ。わたしはただのコンサルタントで、ものごとがうまくいくよう差配するのが仕事だ。うまくいかなかったときはボディガードにもなる」

「あんたは将校で、軍事の専門家だ。ロールシャッハの脅威の大きさを評価する資格はじゅうぶんにあると思うが」

「わたしはただの筋肉だ。おまえが単純化すべきなのはユッカやアイザックだろう？」

「だからそれをやっている」

ベイツはおれを見つめた。

「相互作用なんだ」おれは説明した。「システムの構成部品はすべてが互いに影響し合っている。あんたという要素を除外してサラスティを処理するのは、質量を無視して加速度を計算するようなものだ」

ベイツは工場に向きなおった。次のロボットが出てくるところだ。

彼女はおれを憎んでるわけじゃない。憎んでいるのはおれの存在が暗示する事情だった。口には出さないが、ベイツはこう言っているのだ。〝上層部はわれわれを信用しておらず、自分自身の口から状況を説明させようとしない。どれだけ資格があろうとも、どれだけ先に進んでいようとも。むしろ、それが説明させない理由かもしれない。われわれが汚染されており、主観的だと思っている。だからシリ・キートンを送り込み、われわれの真意を報告させようとしている〟

「なるほど」少しして、おれはそういった。

「わかるのか」

「これは信頼の問題じゃないんだ、少佐。場所だよ。システムの中からじゃ、誰だろうと全体がよく見えない。視界が歪んでしまうんだ」

「おまえは違うと？」

「おれはシステムの外にいるからな」

「今わたしと相互作用しているじゃないか」

「ただのオブザーバーとしてだ。完璧さというのは、達成することはできないが、できる限り近づくことはできる、だろう？　おれは意思決定や調査には参加しない。対象のミッションにはどんな形でも介入しない。だが、もちろん質問はするさ。情報が多いほど、分析は正確になるわけだから」

「質問する必要はないのだと思っていた。おまえたちは身ぶりを読んだりできるんだろう？」

「どんな些細なことも役に立つ。すべてを合わせて判断する」

「今もやっているのか？　統合分析ってやつを？」

おれはうなずいた。

「それを何の専門知識もなしにやるわけだ」

「おれも専門家ってことではあんたたちと同じだ。情報トポロジーの処理が専門だというだけで」

「内容を理解せずに」

「形式がわかればじゅうぶんだ」

ベイツは調べていた戦闘ロボットに小さな瑕疵を見つけたらしく、爪の先で表面を引っかいた。「おまえが手を出さなくても、ソフトウェアだけでできるんじゃないのか?」

「ソフトウェアにはいろいろなことができるから、自分の手でやることをいくつか選ぶのさ」おれは兵士を顎で示した。「あんたが自分の目で確認するのと同じだ」

ベイツはかすかに笑みを浮かべ、指摘を認めた。

「だから何でも好きなように話してくれ。おれは宣誓して守秘義務を負っている」

「わかった」〝この船にはそんなもの存在しない〟

〈テーセウス〉がチャイムを鳴らし、サラスティの声が続いた。「十五分後に軌道に乗る。全員、五分でドラムに戻れ」

「では、行こうか」ベイツは最後にもう一体だけ兵士を送り出すと、脊髄に沿って上昇しはじめた。

産まれたばかりの殺人マシンがおれに向かってカチッと音を立てた。新車のようなにおいがする。

「ところで」ベイツが肩越しに声をかけてきた。「一つ見落としていることがあるぞ」

「というと?」

ベイツは通路の出口でアクロバット芸人のように百八十度転回し、ドラムのハッチに着地した。「理由だ。なぜわれわれを攻撃するのか。相手が必要とするものを何も持っていないのに」

おれは彼女のトポロジーを読んだ。〝攻撃ではないのかもしれない。自衛しているだけなのかも〟

「サラスティのことを訊かれたんだったな。頭の切れる、強力なリーダーだ。仲間と過ごす時間はもう少し長くてもいいが」

〝吸血鬼は命令を尊重しない。助言に耳を貸さない。一日の半分は姿を隠している〟

おれは回遊型のシャチの話を思い出した。「よく考えた結果なのかもしれない」おれたちを不安にするとわかっているから。

「きっとそうだと思う」ベイツが言った。

〝吸血鬼は自分自身を信用しない〟

サラスティだけではなかった。吸血鬼はすべて、自分のほうが優位にあっても姿を隠し、つねに神話の向こう側に引きこもってしまう。

始まりはほかのあらゆることと同様だった。吸血鬼はエネルギーの節約に関しては達人だ。トガリネズミやハチドリは小さな身体にチューンアップした代謝エンジンを積み、日没とともに冬眠状態に入らなかったら、一夜のうちに餓死してしまう。ゾウアザラシは海の底で昏睡状態になって呼吸もせずに横たわり、通りかかった獲物を捕食する以外、生死ぎりぎりの栄養状態で生きていくことができる。クマやシマリスは不毛な冬の数カ月を冬眠してコストを削減し、肺魚――デヴォン紀の夏眠の達人――は丸まって何年も死んだようになり、雨を待つことができる。

　吸血鬼の場合は少し違って、呼吸の低下や代謝の促進、あるいは冬ごとに食料の上を覆いつくす雪が原因になるわけではない。問題は獲物の不足ではなく、獲物との違いの不足だった。吸血鬼は祖先のベースラインからごく最近になって分岐したため、生殖率がほとんど変わらない。森に住むヤマネコとウサギの数の変動のようなダイナミズムが働かないのだ。通常、獲物と捕食獣の数は百対一くらいだが、吸血鬼は自分たちと増加率がほとんど変わらない生物種を捕食する。アクセルを緩めるすべを学ばないと、たちまち食料を食べつくしてしまうのだ。

　絶滅に直面した吸血鬼は、数十年にわたって活動を停止することを覚えた。

　これには二つの意味があった。獲物の数が収獲可能なレベルに回復するまで代謝の必要を封印するだけでなく、おれたちに自分が獲物だってことを忘れさせる効果があるのだ。おれたちは更新世までに賢くなりすぎ、簡単に懐疑論に陥るようになった。サバンナで夜中に忍び寄ってくる悪魔を何十年も見かけていなかったら、耄碌した母親の母親から焚き火を囲んで聞いた話をすんなり信じるわけがない。

吸血鬼はおれたちの祖先を殺してきた。たとえその同じ遺伝子が——今や最適化されて——五十万年後のおれたちにどれほど尽くしたとしても。だが一方、サラスティもまた何世代にもわたる自然選択が形作った、長く人目に身をさらすべきではないという遺伝子の声に苦しんでいるのだと思うと、それはほとんど——心温まる、といっていい感情をもたらした。たぶんおれたちといっしょにいるあいだじゅう、〝隠れろ、隠れろ、忘れ去られろ〟という声に抗いつづけているはずだ。その声があまりに大きくなると、部屋に引きこもるのだろう。サラスティがおれたちを不安にするように、おれたちも彼を不安にしているに違いない。

希望を抱くのは自由だ。

最終軌道は等量の慎重さと剛胆さを合わせたものになった。ロールシャッハはビッグ・ベンの重心から八万七千九百キロ離れた、完璧な赤道軌道を描いていた。サラスティは目を離すのを嫌がった。放射線が荒れ狂う岩と機械のブリザードの中でリレー衛星が信頼できないことは、吸血鬼でなくてもすぐにわかる。代替策は軌道を同期させることだった。

これと同時に、ロールシャッハの脅迫が本気なのか——そもそも理解しているのか——という議論は、やや脇に追いやられることになった。侵入に対する反撃はどちらの側からもあり得るが、接近することでそのリスクが高まるせいだ。サラスティは最善の妥協の結果、ゆるやかな偏心軌道を取ることにした。ロールシャッハをかすめるくらいまで接近するが、そのとき以外は比較的大きな距離を取る軌道だ。ロールシャッハよりも外側の軌道——同期を維持するためには最接近時に噴射が必要になる——で、結果としてつねにロールシャッハを視界にとらえられるだけでなく、最接近時に射程距離内に入る時間を三時間以内に抑えることができる。

　おれたちの射程距離ということだが。わかっている限りでは、ロールシャッハはおれたちが太陽系を出る以前から、手を伸ばして攻撃することができたはずだ。

　サラスティは自分のテントから指揮を執った。〈テーセウス〉が最接近点に近づくと、コン・センサスが彼の声をドラムに届けた。「今だ」

　ジャックは自分のまわりをテントで囲っていた。ロールシャッハの外殻に大きな気泡を接着し、窒素をわずかに充塡（じゅうてん）したしぼんだキャノピーだ。合図とともに、ジャックはレーザーで外殻を掘りはじめた。振動から判断する限り、地面はそのわずか三十四センチ下にあった。厚さ六ミリのシールドを、レーザーはふらつきながらも貫通していった。

「くそったれ」スピンデルがつぶやいた。「うまくいってるじゃないか」

　頑丈な繊維質の表皮を焼き切り、血管のように張りめぐらされた、プログラマブル・アスベストに似た断熱材の層を焼き切り、何層にも重なった超伝導メッシュとそれを隔てるフレーク状の炭素の層を焼き切る。

焼き切って、掘り下げていく。

と、レーザー照射が止まった。ロールシャッハ内部の気体が噴き出してきて、テントが数秒でぴんと張りつめた。急に濃くなった大気の中で、炭素の黒い粒子が渦を巻く。

反撃はなかった。何の反応もない。コン・センサスに気体の分析結果が表示された。メタン、アンモニア、水素。多量に含まれていた水蒸気はたちまち氷結した。

スピンデルがうめいた。「原始大気だ。雪玉（スノーボール）以前の」その声には失望が感じられた。

「進化の途中なのかも」とジェームズ。「ロールシャッハ自体と同じように」

「そうだな」

ジャックが舌を伸ばした。光学的筋肉の尾を持つ機械の精子だ。頭部は厚い皮膚に覆われた菱形で、前面はなかばセラミックのシールドに守られている。中心部にはセンサーを格納した簡易なペイロード区画があった。ごく小さいので、レーザーが穿（うが）った鉛筆ほどの太さの穴から機器をすべて送り込める。ロールシャッハの新たにできた開口部の中に探知機器をくり出していくのだ。

「内部は暗い」ジェームズが報告してきた。

「でも温かい」とベイツ。絶対温度二百八十一度。氷点以上だ。

内視鏡が闇の中に顔を出した。赤外線による粒子の粗いモノクロ映像には——トンネルのようなものが見えた。霧が充満し、奇妙な岩石層も見てとれる。壁面は蜂の巣のようにカーブし、化石化した腸を思わせた。袋小路や枝道が通路から何本も分岐している。材質はねっとりしたペースト状のカーボンファイバーで、それが木の葉のように層をなしていた。層と層のあいだは爪ほどの厚さだったり、人間の身体がすっぽり入りそうだったりとさまざまだ。

「紳士淑女のみなさん」スピンデルが穏やかに言った。「悪魔のミルフィーユ城にようこそ」

何か動くものが見えた気がした。誓ってもいいが、見覚えのある姿だった。

カメラが死んだ。

ロールシャッハ

母親の子供への愛は父親よりも深い。
自分の子供だということが確かだからだ。
――アリストテレス

父にさよならを言うことはできなかった。どこにいるのかも知らなかった。

ヘレンにさよならは言いたくなかった。あそこに戻りたくなかったのだ。それが問題だった。戻る必要のないことが。山が動いてムハンマドに近づいていくことのない場所はもうこの世界のどこにもなく、天国も地球村の郊外で、地球村におれの言い訳の余地は残っていなかった。

おれは自分のアパートメントからリンクした。おれの新しいインレイ――前の週に頭に入れたばかりの、任務専用の特注品——がヌースフィアとハンドシェイクし、天国の門をノックする。聖ペテロほど霊的ではないが説得力はもっと上の飼いならされた精霊がメッセージを伝え、消え去った。

おれはもう〝中〟にいた。

控えの間でも応接室でもない。天国はふらりと訪れる客を想定していなかった。肉体に縛られた者が居心地よく感じる天国など、肉体を離れてそこに住む魂にとっては、うんざりするほど冴えない場所だろう。もちろん、訪問者と居住者が同じ見方をする理由はない。そうしたければ、おれは棚からできあいの世界観を引っ張り出してきて、この場所を好きなスタイルに変えることができる。昇天者そのものはもちろん別だが。それはアフターライフの特権の一つだった。おれたちが見る顔を選べるのは彼らだけだ。

だが、母がなったものは顔がなかった。おれがマスクで顔を隠したりしたら、母に何と言われるかわかったものではないが。

「やあ、ヘレン」

「シリ！　何てすてきな驚きかしら！」

母は何とも抽象的な姿になっていた。数十枚の輝くパネルの、現実にはあり得ない集合体だ。一枚のステンドグラスをばらばらにして、そのガラスの一片一片がきらめき動いているようなものだった。おれの目の前で小魚の群れのように渦巻いている。母の世界が肉体に反映しているのだ。光と角度が三次元になったエッシャーの不可能絵画のように、明るい入道雲となって湧き上がっていた。それでも母だということはわかる。天国は夢だ。目が覚めてからでないと、出会った人物が現実の本人とはまるで似ていなかったことに気づけない。

全感覚中枢の中で、母である目印を認識したのは一つだけだった。母の天国はシナモンのにおいがした。

おれは母の輝く化身（アヴァター）を見つめ、地下深くで栄養剤のタンクにひたされた遺体に思いを馳せた。「調子はどう？」

「とてもいいわ。とてもね。もちろん、自分の心がもう自分のものじゃないってことに慣れるには、少し時間がかかるけど」天国は居住者の脳に栄養を与えるだけではなく、逆に脳から糧（かて）を得てもいた。アイドリング状態のシナプスの余力を利用して、インフラを動かしているのだ。「あなたもここに来なくてはだめよ。できれば早く。どこにも行きたくなくなるから」

「それが、明日からどこかに行くことになってるんだ」

「どこかって？」

「カイパー・ベルト。ホタルのことは知ってる？」

「ああ、何か聞いたような気がするわ。外の世界のニュースはあまり入ってこないから」

「とにかく、それで連絡して、挨拶しにきたのさ」

「来てくれて嬉(うれ)しいわ。いないところであなたに会いたかったの」

「いないところって？」

「わかるでしょ、お父さんよ」

またか。

「パパは現場だよ、ヘレン。太陽系の危機なんだ。聞いてはいると思うけど」

「もちろんよ。ねえ、わたしはお父さんの……拡張任務がかならずしも好きじゃなかったわ。でも、それは自分を騙(だま)してたのかもしれない。そばにいる時間が少なければ、それだけできることも少ないわけだから」

「できること？」

「あなたに対してよ」幻影はしばらく動きを止め、逡巡(しゅんじゅん)をあらわした。「この話をしたことはなかったけど——いいえ、やっぱりするべきじゃないわね」

「何をするべきじゃないって？」

「古傷をえぐるような真似よ」

「何の古傷？」タイミングぴったりだ。どうしようもなかった。命令されれば吠えるよう、訓練が染みついている。

「だから、ときどきあなたが帰ってきたとき——まだほんの小さかったころ——とてもきびしい顔をしていて、坊やは何を怒っているのって思うことがあったの。こんな小さな子が、何に対してこれほど怒ることがあるんだろうって」

「ヘレン、何の話をしてるんだ？　帰ってきたって、どこから？」

「お父さんがあなたを連れていったところからよ」母の幻影に震えのようなものが走った。

「当時はまだいっしょに暮らしていて、あの人は空手が趣味の、一介の会計士にすぎなかった。弁論術やゲーム理論や天文学について滔々と語りつづけて、その場にいるみんなを居眠りさせたものだったわ」

　おれはその場面を想像してみた。おしゃべりな父。「父さんとは思えないな」

「それはそうよ。あなたは覚えてるような歳じゃなかったし、あの人はほんの小物だったの。実際には今もそうだけど。極秘任務だの秘密ブリーフィングだのって。どうしてみんな気がつかないのかしらね。でもあの当時のあの人は——まあ、あの人のせいではないと思うけど。難しい子供時代を過ごして、大人らしく問題に対処するすべを学ぶ機会がなかったのね。あなたなら〝権力を濫用した〟って言うかしら。もちろん、結婚するまでわからなかったんだけど。もし知っていたら——でも、わたしは宣誓したの。誓いは決して破らなかったわ」

「つまり虐待があったって言ってるの？」〝お父さんがあなたを連れていったところからよ〟

「つまり——おれが虐待されてたってこと？」

「虐待にもいろいろな形があるのよ、シリ。銃弾よりも言葉のほうが大きな傷をつけることもあるの。子供を放置するのも——」

「おれを放置したわけじゃない」おれはあんたといっしょにいたんだ。

「わたしたちを放置したのよ、シリ。ときには一度に何カ月も——帰ってくるのかどうかさえわからない。必要もないのに、そんな仕事をわざわざ選んだのよ。ほかにもできることはいくらでもあったのに。長いあいだ、いくらでも」

おれは信じられない思いでかぶりを振った。母が父を憎んでいたのは、その必要もないのに大人になるという気配りをしなかったから？

「惑星の保安が重要な仕事だったのは父さんのせいじゃない」

母はおれの言葉が聞こえなかったかのように先を続けた。「ほかにどうしようもない時代もあったわ。わたしたちくらいの歳の人間が帳尻を合わせるしかなかった時代ね。でもその当時でさえ、誰もが家族といっしょの時間を過ごしたがったものなのよ。たとえそんな余裕がなくてもね。その必要もないのに仕事で家に寄りつかないなんて、そんなの——」母は崩壊し、おれの肩のそばで復元した。「ええ、シリ、そんなのは一種の虐待よ。この長い年月、わたしがあなたのお父さんに誠実だった半分でもあの人がわたしに誠実だったら……」

おれは最後に会ったときのジムの様子を思い返した。絶え間なく動くロボット警備員の監視の目の下で、バソプレシンを吸入していた父。「パパがおれたちのどっちかに不誠実だったとは思わないな」

ヘレンは嘆息した。「あなたに理解してもらえるとは思ってなかったわ。わたしだってばかじゃないもの、結果は見えていたのよ。わたしはほとんど一人であなたを育てるしかなかった。厳格にふるまって、あなたをしつけなくてはならなかった。父親はどこかで極秘任務中だからよ。そのうち一、二週間ほど帰ってきたときは、ちょっと立ち寄るだけだから、いくらでもいい顔ができるわ。あなたのこともお父さんのことも、責めるつもりはないの。いまさら誰かを責めても、何も解決しないから。わたしはただ——つまり、そう、あなたは知っておくべきだと思ったの。事実をありのままにね」

ふと思い出がよみがえった。九歳のときヘレンのベッドに呼ばれ、傷を撫でてもらいながら、甘く生温かい息が頬にかかった記憶だ。〝この家の男はあなた一人なの、シリ。お父さんはもう頼りにできない。あなたとわたししかいないの……〟

おれはしばらく黙り込み、やがてこう言った。「何の役にも立たなかったのか？」

「どういうこと？」

おれはカスタマイズされた抽象映像を見まわした。内部フィードバックによる明晰夢。「あんたはここでは全能だ。何でも望めるし、何でも想像できる。これだって全部そうだ。もう少し変化しててもよかったはずだ」

虹色のガラスが躍りまわり、わざとらしい笑い声がした。「この変化でもまだじゅうぶんじゃない？」

全然じゅうぶんじゃない。

天国には落とし穴があった。ヘレンがどれほど多くの構成体や化身を作り出し、からっぽの器がどれほど彼女を誉めたたえ、その心の傷に同情を示しても、それは結局、自分で自分に語りかけているにすぎない。外にはヘレンの力が及ばない別の現実があり、彼女のルールに従わない別の人々がいて――その人々は自分たちが好きなようにヘレンのことを考えるだけだ。

残る生涯を外の人間と会わずに過ごすこともできるが、彼らが存在することはわかっている。それはヘレンを狂気に導くだろう。いとまごいをしながら、おれは思った。母はこの天国で全能だが、自分が作り上げた世界で本当に幸せになれる方法は一つしかない。自分が作り上げたのではないものを、すべて排除することだ。

「こんなことが続くのはまずい。シールドに問題はなかった」ベイツが言った。

四人組はドラムの反対側でテントの中を整理していた。サラスティは今日は裏方で、自室から進行状況をモニター中だ。共用部にいるのはおれとベイツとスピンデルだった。

「まあ、相手が電磁波だけだったらな」スピンデルが伸びをしながらあくびをした。「生体内では、超音波がシールドを通過して磁場を励起することがある。きみの電子機器内部で同じようなことが起きた可能性は？」

ベイツは両手を広げた。「誰にわかる？　向こうには黒魔術を使う妖精がいるのかもしれない」

「まあそれでもいいが、もう少しましな推論はできそうだな、ええ？」

「たとえば？」

スピンデルは指を一本立てた。「われわれが貫通した層は、わたしが知っている代謝プロセスから生じるようなものではない。つまり生物学的な意味で〝生きている〟のではないということだ。近ごろは大して驚きもしないが」彼はそう言って、ちらりと船内に目を向けた。

「構造体の内部に生命が存在するということは？」

「無酸素環境だ。複雑な多細胞生物は存在しないだろう。微生物ならいるかもしれない。もしそうなら、ぜひサンプルを入手したいね。だが、ものを考えたり、ましてやあんなものを建造するほどの複雑な生命体は――」とコン・センサスの映像を手で示し、「――高エネルギー代謝を必要とする。つまり酸素だ」

「からっぽだと思うのか？」

「そうは言ってない、だろう？　異星人が謎だらけだということはわかっている。それでもなお、嫌気性微生物のために都市ほどもある巨大な避難所を建造する理由がわからない」

「何かが住んでいるはずだ。単なるテラフォーミング・マシンだとしたら、どうして大気を保有する必要がある？」

スピンデルは四人組のテントを指さした。「スーザンの説では、大気はまだ生産途中で、われわれは所有者があらわれるまで無賃乗車しているにすぎないそうだ」

「無賃乗車？」

「のようなもの、かな。われわれが見たのはまだ内部のごく一部のごく一部だけだ。だが、われわれが接近するのを誰かが見ていたのは間違いない。呼びかけてきたんだからな。相手に知性があり、かつ敵対的なら、なぜ撃ってこない？」

「撃ってきていたのかもしれない」と、ベイツ。

「何かが通路に隠れてきみのロボットを破壊したのだとしても、あまりにも時間がかかって、ベースライン環境がロボットをフライにするのとほとんど変わりがない」

「そのいわゆる〝ベースライン環境〟は、攻撃的な対侵入者防御機構だ。そうでなければ、どうして居住者が居住できない環境になっている？」

　スピンデルは天を仰いだ。「わかった、わたしの負けだ。われわれにはまだ何かを推論できるほどの情報がない」

　おれたちも手をこまねいていたわけではない。ジャックのセンサーヘッドが完全にフライにされたあと、それを何とか表面の穴まで引き戻すことはできた。そのときにはすでにジャックが根気よく穴のまわりを焼灼（しょうしゃく）し、直径を一メートル程度にまで広げていた。おれたちはベイツの兵士を――原子炉やサイクロトロンの内部でも活動できるよう――カスタマイズし、ロールシャッハに最接近したとき、呪われた森に石を投げ込むように内部に投入した。

兵士たちはジャックの開けた門を通って髭のように細い光ファイバーをくり出しながら前進した。帯電した大気中でも、これなら情報を送ってくることができる。

ほとんどは瞬間的な映像だった。拡大したピンぼけ写真も数枚。おれたちはロールシャッハの壁面が流れていくのを眺めた。ゆっくりと動く腸の蠕動を見るようだ。腸重積が進行している場所もあった。その困難な収縮過程は、時間さえかければ、いずれ通路を閉鎖するだろう。兵士たちはいくつかの区画を通過し、磁気の変動が生じている場所ではバランスを崩し、よろめいてぶつかり合った。剃刀のように薄い歯と、何千もの三角形の刃が平行に何列も並んだ、螺旋状にねじれた奇妙な喉を通過する。抽象的なフラクタル図形を描いて変化と再生を無限にくり返す霧を慎重に迂回したときは、帯電した霧滴が磁力線に沿って模様を描いているのが見えた。

最終的にすべての兵士が死ぬか消えるかした。

「シールドを強化する方法はないのか？」おれは尋ねた。

スピンデルがおれのほうを見た。

「センサーヘッド以外はすべてをシールドしている」ベイツが説明する。「センサーヘッドをシールドしたら、何も見えなくなってしまう」

「可視光線は無害だろう？　純粋に光学的な――」

「われわれが使っているのは光学リンクだ、政治委員」スピンデルがぴしゃりと言った。

「どのみち、少しずつ糞が漏れているのは、きみもわかっているはずだ」

「そうはいっても、あれが――」おれは言葉を探した。「――帯域フィルターがあるだろう？　可視光線の周波数だけを通して、その外側の有害な電磁波はカットできるはずだ」

スピンデルは鼻を鳴らした。「もちろんだ。大気と呼ばれるものだな。もしわれわれがそれを持ってきていれば――地球の大気の五十倍ほどの厚さが必要だが――下の放射をある程度は防いでくれるかもしれない。地球自体、磁場に大いに助けられている点は同じだからな。だが、あそこの電磁場に命を預けようって気にはならないね」

「あのピークの中を突っ切っていかなくてはならないのが最大の問題だ」とベイッ。

「ランダムなのか？」おれは尋ねた。

スピンデルはなかば身震いするように肩をすくめた。「ランダムに存在しているとは思わないが、誰にわかる？　もっとデータが必要だ」

「それが手に入らないのよね」ジェームズが天井を歩いてきて合流した。「ドローンが足りなくなった場合」

これは仮定というより、すでにそうなると決まった事実だった。おれたちは運試しで次々とドローンを投入し、一体でいいから生き残ることに賭けてみた。生存率はキャンプから離れるほど、指数級数的にゼロに近づいた。操作ファイバーをシールドして減衰を防ごうともしてみたが、その結果ケーブルは何層ものフェロセラミックに覆われて固く曲がりにくくなり、まるで棒の先にボットをつけて操作しているようだった。あるいはケーブルを取り去ってマシンに独自の探査をさせ、放射線の嵐を横目にあとでデータをダウンロードするという方法も試した。ドローンは一体も戻ってこなかった。とにかくあらゆることをやってみたのだ。

「わたしたちが行くしかないわね」ジェームズが言った。

それだけはまだやってみていなかった。

「そうだな」スピンデルが〝だめだ〟という意味にしか聞こえない口調で答えた。

「有用なデータを得るには、そうするしかないわ」

「ああ。たとえばきみの脳がシンクロトロンのスープになるのに何秒かかるかとか」

「スーツをシールドできるでしょ」

「ふむ、マンディのドローンみたいに?」

「その呼び方はやめろと言っている」とベイツ。

「要点は、相手が肉だろうと機械だろうと、ロールシャッハは殺してしまうということだ」

「わたしの要点は、肉なら殺され方が違うということよ」ジェームズが反論した。「長くかかるはずだわ」

スピンデルはかぶりを振った。「五十分もすれば死んだも同然だろう。どれほどシールドしていても。いわゆるクールゾーンの中でも」

「症状が出るのは三時間以上あとになるわ。実際に死ぬのはさらに何日もあとになる。それまでにはここに戻ってきて、船に修理してもらえるでしょ。そのくらい知ってるはずよ、アイザック。コン・センサスを見ればわかるわ。わたしたちは知ってるし、あなただって知ってる。こんな議論になるはずがないのよ」

「それがきみの解決策か？　三十時間おきに放射線まみれになって、わたしが腫瘍を摘出して、全員の細胞を元に戻しつづける？」

「ポッドが自動でやってくれるわ。あなたは指一本動かす必要はない」

「言うまでもなく、ここの磁場は脳にも強い影響を与えるだろう。足を踏み入れた瞬間から幻覚を――」

「スーツをファラデーすればいいわ（ファラデー・ケージのように全体を導体で覆って電磁波を遮断すること）」

「なるほど、目も耳も口もふさぐわけか。いいアイデアだ」

「光は通るわ。赤外線が――」

「電磁場なんだぞ、スーズ。ヘルメットを完全に覆って外部カメラを使ったとしても、ケーブルを伝って漏れてくる」

「多少はね。そのくらいだったら――」

「くそ」スピンデルは痙攣（けいれん）し、口の端からよだれを垂らした。「メーシュと話を――」

「全員で相談した結果よ、アイザック。意見は一致してる」

「全員一致だと？　きみは一人で四票を持ってるわけじゃないんだ、スーズ。いくら脳を分割しても、投票権が増えたりはしない」

「どうして？　あなたと同じように、わたしたちも個別の意識を持っているわ」

「それはみんなきみだ。一つの部屋を仕切ってあるだけだ」

「ミシェルを独立した個人として扱うのに問題は感じてないみたいだけど？」

「ミシェルは――つまり、まあ、確かにきみたちはそれぞれが異なる個性を持っている。だが、オリジナルは一人だ。きみの分身（オルター）――」

「その呼び方はしないで。絶対に」サーシャの声は液体酸素のように冷たかった。

　スピンデルは前言を撤回しようとした。「そんなつもりでは――きみもわかっているはず――」

　だが、サーシャはもういなくなっていた。「何を言っているの？」穏やかな声が言った。

「あなたはわたしが、つまりただの〈ママ〉で、一人四役を演じていると思うわけ？　わたしたちといっしょのときも、〈ママ〉と二人きりだと思っているの？」

「ミシェル」スピンデルがみじめな口調で答えた。「いや、わたしはそんな――」

「どうでもいい。投票はしない」サラスティが言った。

　おれたちの頭上、ドラムの中央に浮かんでいる。ヴァイザーに隠れているので表情は読めない。出現に気づいた者は一人もいなかった。身体の軸に沿ってゆっくりと回転し、おれたち全員をつねに視界に収めている。

「〈スキュラ〉を準備中。アマンダは予防的な武装の兵士を二体、ケーブルをつけずに送り出す。一から百万オングストロームまでのカメラ、鼓膜にはシールド、自律回路はなし。血小板賦活（ふかつ）剤、放射線酔い抑制剤、ヨウ素剤を一三五〇時までに全員に配布する」

「全員に？」とベイツ。

サラスティはうなずいた。「窓は四時間二十三分後に開く」そう言って脊髄に向きなおる。

「おれは行かない」とおれは宣告した。

サラスティが動きを止める。

「現場作業には参加しない」おれは条件を思い出させた。

「今回は別だ」

「おれは統合者だ」もちろんサラスティもわかっている。全員が知っていることだ。システムの外にいなければ、システムを観察することはできない。

「おまえは地球では統合者、カイパー・ベルトでも統合者だが、ここでは一乗員だ。命令に従え」

サラスティは姿を消した。

「全体像にようこそ」ベイツが静かに言った。

ほかの者たちが解散する中、おれはベイツを見つめていた。「知ってのとおり、おれは

――」

「遠くまで来たからな、シリ。あんたの上司の承認を待ってはいられない。わかっているはずだ」

ベイツはスタンディング・スタートで宙に飛び出し、滑らかな弧を描いてホログラムを突っ切り、ドラムの無重力のコアに向かった。と、急に何かの洞察を得たかのように動きを止め、脊髄の導管をつかみ、おれのほうに顔を向けた。

「自分を過小評価する必要はない。サラスティもだ。オブザーバーなんだろう？　観察するものが下にはたくさんあると考えるのは、悪い賭けじゃない」

「ありがとう」おれはそう答えたが、サラスティがおれをロールシャッハに送り込む理由はもうわかっていた。単なる観察以上の役割があるからだ。

価値ある乗員が三人、危地におもむくことになる。おれが囮として敵に狙われれば、確率はそれぞれ四分の一になるわけだ。

主の霊が汝に下り、汝は踊り叫んで、別の人間になるであろう。

——サムエル記上　十章六節

「わたしたちはたぶん、進化の過程の大部分で分裂していたのね」ジェームズは以前、おれにそう言ったことがあった。まだ全員が互いに知り合いはじめたばかりのころだ。彼女は自分のこめかみを指でつついた。「ここにはたくさんのスペースがあるわ。現代の脳は、何十という知覚中枢を同時に走らせても処理が遅くならない。並行多重処理は明らかに生存に有利になる」

おれはうなずいた。「頭が十個あれば、一つよりいいからな」

「人間の自意識が一つになったのはかなり最近らしいの。ある専門家によると、一定の条件下では解離して元に戻ることもあるそうよ」

「それはそうだろう。きみが生きた証拠だ」

ジェームズはかぶりを振った。「物理的な分裂のことじゃなくて。わたしたちはもちろん最先端だけど、理論的には外科手術さえ不要なの。単純なストレスでも、じゅうぶんに強ければ同じようなことが起きるわ。とくにまだ幼い時期だと」

「まさか」

「まあ、理論的にだけどね」ジェームズはそう言うと、サーシャと交替した。「理論だけじゃないよ。ほんの五十年前の実例を記した文献があるんだ」

「へえ」おれはインレイを参照したいという衝動を抑えた。目の焦点がぼけるので、わかってしまう。「知らなかったな」

「今じゃ誰もそんな話はしないからね。当時の人間はマルチコアに関しては未開人で――病気か何かみたいに〝障害〟って呼んでたくらいよ。その〝治療〟ときたら、一つの人格を残してほかをみんな殺してしまうってものだった。もちろん〝殺す〟なんて言い方はしなくて、〝統合〟とか何とか呼んでたけどね。当時はそんな具合だった。虐待や拷問で別人格を作り出し、必要なくなったら追い払ってしまうわけ」

その調子は打ち解けるためのパーティにふさわしいものではなく、やがてジェームズが運転席に戻ってきて、会話を社交的な方向に誘導していった。

だが、おれはそのときもそのあとも、四人組が自分たちを〝分身（オルター）〟と呼ぶのを一度も耳にしていない。スピンデルがその言葉を口にしたとき、とくに不作法だとも感じなかった。なぜあれほど激しい反応を見せたのだろう——任務開始の数分前、自分のテントの中に一人で浮かんでいるので、目がうつろになるのを見咎（みとが）める者はいなかった。

　コン・センサスによると、〝分身（オルター）〟という言葉には百年以上の歴史的背景があった。サーシャが言っていたとおり、マルチコア意識はかつて解離性同一性障害と認識され、故意に誘発するようなものではなかった。当時の専門家によれば、人格の多重性とは想像を絶する虐待という大鍋の中から一時的に発生するもの——レイプや体罰に耐えるため断片的な人格が出現し、本来の子供の意識は脳の襞（ひだ）の奥にある、どことも知れない聖域に引きこもっているのだとされた。それは生存戦略であり、自己犠牲の儀式でもあった。無力な魂（たましい）が自分自身をばらばらに切り分け、震える魂の一部を生け贄（いけにえ）に差し出して、ママやパパと呼ばれる残酷な神々がいつか飽きることを、絶望の中で願いつづけている。

　だがわかってみれば、それはどれも事実ではなかった。少なくとも、そのどれもが確認されることはなかった。当時の専門家は即興の儀式で踊って精霊に祈る呪術医のようなものだった。誘導尋問と言外のヒントだらけの〝自由形式の問診〟、子供時代に逆行させて都合のいい情報だけを拾い集める〝催眠療法〟。ビーズやガラガラで効果がないときは、リチウムやハロペリドールといった向精神薬を使った。心理マッピングの作成技術は緒についたばかりで、それを編集できるようになるのはまだまだ先の話だった。だからセラピストや精神科医は患者をつつきまわし、理解できないものに出会うと症例名をでっち上げ、フロイトやクラインや古代の占星術師の神殿で議論に明け暮れ、科学的なことをやっていると見せかけるのに血道を上げていた。

必然的に、彼らを路傍の死体に変えたのも科学だった。解離性同一性障害という言葉は、シナプスの再配線が注目される以前からすでになかば忘れ去られていた。代わって出てきたのが〝分身（オルター）〟という呼び名で、この言葉はその後も根強く使われつづけた。当時の話を覚えている者にとって、分身（オルター）とは〝裏切り〟と〝人身御供（ひとみごくう）〟の隠語であり、死屍累々（るいるい）たる犠牲者たちのことにほかならなかった。

四人組の共存する魂のトポロジーを想像してみれば、サーシャがこうした神話に固執する理由も、スーザンがそれを許している理由もよくわかった。結局、概念そのものには信じにくい点など何もない。四人組の存在自体がそれを証明していた。前存在体から引きはがされ、非在の状態からいきなり大人として――これが自分だと言えるフルタイムの肉体さえない人格の一断片として――造形されたら、ある程度の怒りは許されて当然だろう。もちろん全員が平等、全員で一つだ。どの人格が優っているということはない。とはいえ、ジェームズという姓を名乗るのはスーザンだけだった。

現実であれ想像であれ過去の遺恨に怒りをぶつけるほうが、少なくとも同じ肉体を共有している者に怒りを向けるよりずっといい。

ほかにもわかったことがあった。眼下のリヴァイアサンが仮借なく成長を続けるのを映したスクリーンに囲まれていると、サーシャがなぜあの言葉に反発したかだけでなく、もちろん無意識にだろうが、スピンデルがそもそもそんな言葉を使った理由も理解できた。地球に関する限り、〈テーセウス〉に乗っているのは全員が分身なのだ。

サラスティはあとに残った。彼に交替要員はいない。おれたちはシャトルに詰め込まれた。分厚いシールドに包まれた特製スーツに身を固めているため、まるで前世紀の深海ダイバーのようだ。バランスは微妙に調整されていた。多すぎるシールドは何もないよりも有害だ。最初の粒子が崩壊して二次放射線になると、有害度は同じでも数が二倍になる。ある程度は被曝したほうがましという場合もあるのだ。それがいやなら分厚い鉛の容器の中に閉じこもるしかない。

出発したのは最接近から六時間後だった。〈スキュラ〉は元気のいい子供のように、親をあとに残して突っ走っていった。周囲の連中からはそれほどの熱意は感じられなかったが。例外は四人組で、フェースプレートの向こうの顔は熱気で揺らぎだしそうなほどだった。

「興奮してるのか？」とおれは尋ねた。

サーシャが答えた。「そのとおりさ。フィールド・ワークだよ、キートン。ファースト・コンタクトだ」

「誰もいなかったら？」誰かいたとして、おれたちを嫌ってたら？

「そのほうがいいね。あっちの交通警官に肩越しに覗(のぞ)かれたりせずに、向こうの標識やシリアルの箱の文字を解読できるからさ」

どうもほかの誰かを代弁しているように思えた。ミシェルの代弁ではないという確信はあったが。

〈スキュラ〉の舷窓はすべて密閉されていた。外の様子は見えない。内部に見えるのはボットと仲間の身体と、ヘルメットのヘッドアップディスプレイ(HUD)上のもつれ合ったシルエットだけだった。それでも放射線が装甲のあいだをティッシュペーパーのように通過していくのが感じられる。ロールシャッハの磁場の凹部や凸部も感じられた。ロールシャッハ自体が接近してくるのもわかる。山火事に見舞われた異星の森の焦げた樹冠。人工物というより、風景のようだ。おれはその枝のあいだに弧を描く放電を想像した。そこに乗り込んでいく自分の姿も。

そんな場所に住もうとするのはどんな生命体なのか？

「本当にうまくいくと思うか？」おれは尋ねた。

ジェームズは肩をすくめたが、装甲でほとんどそれとわからなかった。「いきなりは無理でしょうね。間違ったほうの足から踏み出したかもしれないし、あらゆる種類の誤解を正していかなくちゃならないはず。でも、いつかは相互理解が可能になると思う」

明らかにそれでおれの問いに答えたと思っている。

シャトルが旋回し、おれたちはボウリングのピンのようにぶつかり合った。三十秒の微小機動のあと、いきなり動きが止まる。HUDに緑と青の陽気なアニメが表示された。シャトルのドッキング・シールがロールシャッハへの入口になっている膨張膜をすんなり通過した。アニメだが、どことなくポルノっぽい。

エアロックの脇に待機していたベイツが内扉を引き開けた。「全員伏せろ」

簡単な動きではなかった。生命維持装置とフェロセラミックに押し包まれているのだ。ヘルメットが傾き、ぶつかった。頭上に巨大な殺人ゴキブリのように並んでいた兵士たちが作動音とともに動きだし、天井を離れた。おれたちの頭の上の狭い空間を通過し、わずかに指揮官のほうに向きを変え、エアロック内に飛び込んでいく。

ベイツが内扉を閉じた。エアロックが作動し、ふたたび内扉が開くと、兵士たちはいなくなっていた。

制御盤を見る限り、すべて順調だった。ドローンはロールシャッハへの入口でじっと待機している。襲ってくるものはなかった。

ベイツが次にエアロックをくぐる。

映像が入ってくるまで無限の時間がかかったように思えた。通信速度は水滴がしたたるように遅いが、言葉のやり取りは問題なさそうだ——「今のところ驚くようなものはない」ベイツの報告は口琴(こうきん)のビブラートのように歪(ゆが)んでいた——が、映像はその百万倍ものデータ量があり——
——やっと来た。うしろのほうの兵士の目を通して、前にいる兵士たちが粒子の粗い、動かないモノクロ映像となって見えている。それは過去からの絵葉書だった。映像が音声に切り替わり、メタンが船体にぶつかる鈍い振動音が聞こえる。ノイズ混じりの映像がＨＵＤに表示されるには何秒もかかった。兵士たちが穴の中に下りていく場面。ロールシャッハの十二指腸に下り立った場面。一定の割合で徐々に広くなる、謎めいた敵対的な洞窟の光景。どの映像も左下に時刻表示があり、磁場強度と残り時間が示されていた。

電磁スペクトルを信用しなかったら、代償は大きい。

「よさそうだ。突入する」ベイツが報告してきた。

もっと友好的な環境下なら、マシンは大通りを進軍し、解像度の高い鮮明な映像を送ってくる。スピンデルと四人組はドラムでコーヒーでも飲みながら、あれのサンプルを採取しろとか、こっちのクローズアップを送れとか指示していただろう。そんな友好的な宇宙では、おれはこの場にいもしなかったはずだ。

次の絵葉書にはベイツが映っていた。穴から出てきたところだ。次の映像にはその背中が映っていて、周囲をうかがっているようだった。

その次の一枚で、彼女はまっすぐこっちを見ていた。

「よし……異状なし……下りて……こい……」

「急ぐな」とスピンデル。「どんな気分だ？」

「気分はいい……少し――奇妙だが……」

「どう奇妙なんだ？」放射線障害なら吐き気をともなうが、計算をよほど大きく間違えていない限り、そうした症状が出るには一、二時間早い。そんなに長居したら、全員が致命的な線量の放射線を浴びているだろう。

「方向感覚が少しおかしい。いささか不気味な場所だが……グレイ症候群だろう。じゅうぶん耐えられる」

おれは四人組を見た。四人組はスピンデルを見ている。スピンデルは肩をすくめた。

「よくはならないようだ」遠くからベイツが言った。「時間が……時間がない。下りてくるんだ」

おれたちはそうした。


生きてはいない。それは確かだ。

だが、何かがいる。

壁は動かないのに、それは動いていた。視野の隅に這い寄る動きが感じられる。いつも心の隅に〝視られている〟感覚がある。見えないところから悪意ある異星人に観察されているという、ぞっとする確信。おれは何度も振り返り、その正体を見きわめようとした。だが、見えるのは通路を浮遊して前進するなかば盲目の兵士たちか、目を丸くして見つめ返す仲間たちだった。つややかな黒い溶岩チューブのような壁面に開いた無数の目は、振り向く直前にすべて閉じてしまう。おれたちの照明は、たぶん前後二十メートルほどの闇を押し返していた。その先は霧と影に閉ざされている。そして音——ロールシャッハがおれたちの周囲で、氷に閉ざされた木造船の船体のようにきしんでいる。電子機器がガラガラヘビのような音を立てた。

想像の産物だと自分に言い聞かせる。文献にもよく出てくる、肉体と磁場を近づけすぎたときに起きる不可避の現象だと。高エネルギーの磁場が側頭葉(そくとうよう)を刺激して幽霊や宇宙人を出現させ、中脳が身も凍るような恐怖を意識に感じさせる。運動神経が混乱し、休眠中のインレイまでがか細く脆(もろ)い水晶のような歌声を響かせる。

エネルギー性の幻覚。それが正体だ。自分に向かってそうくり返す。何度もくり返せば偽りの合理性は失われ、それは決まり文句に、邪霊を退(しりぞ)ける呪文になる。ヘルメットのすぐ外側でささやく声、視野の隅ぎりぎりにちらつく見えるような見えないような影、そんなものはどれも現実ではない。それは心が見せる幻影、何世代にもわたって人々が信じてきたたわごとと同じものだ。幽霊、異星人によるアブダクション、吸血鬼——

——吸血鬼——

——サラスティは自室に引きこもっていたのだろうか。それともずっとここにいて、獲物を待ち伏せして……

「また磁場のピークだ」ベイツが警告する。おれのHUDでもテスラとシーベルトの数値が跳ね上がった。「つかまれ」

おれはファラデー・ベルを設置して……しようとしていた。本来なら簡単なことだ。主アンカーラインはすでに、キャンプから通路の中央に浮かぶしぼんだ袋まで引いてある。おれは――そのとおり、開傘コードを握って、ベルの位置を中心に合わせようと苦労していた。壁は湿った粘土のようにヘッドランプの光を反射していた。おれの想像の中では、そこに悪魔的な文字がきらめいている。

コードのパッドを壁に押しつける。誓ってもいいが、壁がわずかに身もだえたように感じた。推力銃を撃って、通路の中央に戻る。

「何かいるわ」ジェームズがささやいた。

確かに何かがいた。どっちを向いても、つねに背後に気配を感じる。ちょうど見えないあたりで巨大な闇が渦巻き、通路と同じ大きさの口を開いているような気がした。いつそれがあり得ない速度で突進してきて、おれたちを呑み込んでも不思議はない。

「美しいわ……」ジェームズが言った。声に恐怖は感じられない。そこには畏怖の響きがあった。

「何が？　どこだ？」ベイツはしきりにあちこち向きを変え、三百六十度全方向を同時に視野に収めようとしていた。指揮下のドローンは彼女の左右を跳ねまわり、装甲された目でベイツとは反対の方向を監視している。「何が見える?」

「外部じゃないわ。内部よ。あらゆるところに。見えないの?」

「何も見えない」スピンデルの声は震えていた。

「電磁場の内部よ」とジェームズ。「あれがコミュニケーションの手段なのね。構造全体が言語でいっぱいで——」

「何も見えない!」スピンデルがくり返した。息遣いの音がリンクに響きわたった。「目が見えないんだ」

「くそ」ベイツはスピンデルに向きなおった。「どうしてそんな——線量はまだ——」

「そ、そういうことではないと思う……」

磁場強度は九テスラで、幻覚がひどい。おれはアスファルトとスイカズラのにおいを感じていた。

「キートン! そこにいるか?」ベイツの声がした。

「あ、ああ」かろうじて答えられた。おれはロープをつかんだままベルに戻り、何かがしつこく肩をつつくのを懸命に無視していた。

「そっちはいいから、スピンデルを連れ出せ!」

「だめだ!」スピンデルは何もできずに通路に浮かんでいた。ストラップで手首につないだ推力銃が揺れている。「いいから、わたしに何か投げてくれ」

「何だって？」

すべては想像の産物、想像の産物だ――

「何か投げろ！　何でもいい！」

ベイツはためらっていた。「だが、さっき目が見え――」

「いいからやれ！」

ベイツはスーツの予備バッテリーをベルトからはずし、ひょいと投げた。スピンデルは手を伸ばしたが、受けとめそこねた。バッテリーは彼の手を逃れ、壁にぶつかって跳ね返った。

「だいじょうぶだ」とスピンデル。「テントに連れて戻ってくれ」

おれはロープを強く引いた。ベルが巨大な灰色のマシュマロのように大きくなる。

「全員、中へ！」ベイツは片手で推力銃を撃ち、もう一方の手でスピンデルをつかんだ。その身体をおれに引き渡し、センサーポッドを一台、テントの表面に叩きつける。おれは傷口のかさぶたを剝がすように、シールドされた入口の垂れ布を引き開けた。その下の分子膜は無限の長さを無限に折りたたんだようで、渦巻ききらめいて、石鹼（せっけん）の泡を思わせた。

「中に運べ。ジェームズ、こっちへ！」

おれはスピンデルを単分子膜の中に押し込んだ。膜は彼の身体の輪郭に沿って隙間なく裂け、身体が通過したところから閉じていった。

「ジェームズ！　まだか――」

「これを取ってくれ！」しわがれた声がした。怯えてひび割れた、女性の喉が出せるもっとも男性的な声だ。クランチャーに支配されている。「取ってくれ！」

おれは振り返った。スーザン・ジェームズの身体が通路の中でゆっくりと回転していた。両手で右足をつかんでいる。

「ジェームズ！」ベイツが彼女に接近した。「キートン！　手を貸せ！」四人組の腕をつかむ。「クランチャー？　どうしたんだ？」

「それだ！　見えないのか？」クランチャーが単に自分の足をつかんでいるだけではないことが、近づいてみるとわかった。自分の足を引っ張って、もぎ取ろうとしているのだ。

おれのヘルメットの中で、何かがヒステリックな笑い声を響かせた。

「腕をつかめ」ベイツがおれに言った。彼の右手をつかみ、四人組の足をつかんだ手をもぎ離そうとしている。「クランチャー、放せ。すぐにだ」

「これを取ってくれ！」

「それは自分の足だ、クランチャー」おれたちは揉み合いながらファラデー・ベルに向かった。

「わたしのじゃない！　よく見てみろ――死んでるじゃないか。くっついて取れない……」

もう少しだ。「クランチャー、聞け」ベイツが呼びかける。「わたしの声が――」

「取ってくれ！」

二人で四人組をテントに押し込む。ベイツが脇に寄り、おれもテントに飛び込んだ。驚いたことに、ベイツは持ちこたえた。懸命に悪魔を遠ざけ、嵐の中の牧羊犬のようにおれたちを避難所に誘導した。ベイツは――

ベイツはついてこなかった。そこにいもしなかった。振り向くと彼女はテントの外に浮かんで、片手で垂れ布の端をつかんでいた。だが、超耐熱耐寒素材のカプトンとクロメルとポリカーボネートを何層も重ねたスーツを着て、半透過フェースプレートに顔が隠れていても、おれにははっきりとわかった。何かがおかしい。彼女の表層は〝失われて〟いた。あれがアマンダ・ベイツであるはずがなかった。目の前に見えるその身体には、マネキン程度のトポロジーしか存在しない。

「アマンダ？」おれの背後から四人組が、軽いヒステリーの兆しが感じられる声で呼びかけた。

スピンデルが問いかける。「何が起きてるんだ？」

「わたしはここに残る」ベイツの声には何の感情もなかった。「どのみち死んだ身だ」

「何を――」スピンデルは言葉を詰まらせた。「もちろん、そのまま外にいたら――」

「放置していけ。命令だ」

ベイツは外から垂れ布を閉じた。

おれにとっては、はじめてのことではなかった。前にも見えない指に脳をつかれたことはある。どろどろの脳をかき混ぜ、かさぶたを剝がされたことが。ロールシャッハのやり方はそれよりもはるかに手荒かった。チェルシーはもっと——

——正確だった、と言うべきだろうか。

彼女はそれをマクラメ（紐を結んでレース状に編み上げた手芸品）と呼んだ。グリア細胞の活性化、カスケード効果、重要な神経節の結合と競合。おれが人間の構造を読解するのに対し、チェルシーはそれを変化させる——重要な結節点を見つけてつつき、記憶の源流に小石を投げ込んで、その波紋が精神のはるか下流で大瀑布となる様子を観察するのだ。サンドイッチを作る時間で幸福感を配線し、ランチのあいだの一時間から三時間くらいで、子供時代と折り合いをつけさせる。

人類の発明はどれもそうだが、この技術もまた学習され、彼女が立ち会わなくても実施できるようになった。人類の性質は製造段階での編集しだいになりはじめており、人間性そのものが、生産主体から生産物へと徐々に変化してきていた。それでもおれにとって、チェルシーの技術は奇妙な旧世界をまったく新しい光で照らし出した。精神の切り貼りは抽象的な社会全体の善を増大させるためではなく、単純に個人の利己的な欲求からおこなわれる行為だということが明らかになったのだ。

「あなたに幸福をプレゼントさせて」

「おれはもうじゅうぶん幸福だよ」

「もっと幸福にしてあげる。TAT(タット)するの」

「つつく(タット)？」

「一時的態度微調整(トランシエント・アティチユーディナル・トウィーク)」

「微調整ならさんざん受けてきた。あと一つでもシナプスを変更されたら、何か別のものになっちまうよ」

「そんなはずないでしょ。わかってるくせに。もしそうなら、何か経験するたびに、つねに別人になりつづけてることになるわ」

おれは少し考えた。「実際、そうかもしれない」

それでもチェルシーはあとに引かなかった。それに幸福を拒む主張は、どんなに強くても貫きとおすのは難しい。そういうわけで、ある日の午後、チェルシーは戸棚の中から油じみた灰色の座金(ざがね)がついたヘアネットを掘り出してきた。ネットは超伝導素材のクモの巣で、霧のように細かく、ごくささいな思考によるシナプスの変化も見逃さない。座金はセラミック磁石で、脳全体を磁場で包み込むようになっていた。チェルシーのインレイがベース・ステーションに接続し、両者のあいだの干渉パターンを調整する。

「昔は磁石を格納するためだけに、バスルームくらいの装置が必要だったの」おれを長椅子に寝かせ、頭にネットをかぶせる。「それをここまで小型化できたんだから、ほとんど奇蹟(きせき)ね。ホットスポットを発見し、必要があればそれを消去することもできるわ。ただ、この経頭蓋磁気刺激(TMS)効果はしばらくしか続かない。永続させようと思ったら病院に行くしかないわね」

「それで、実際のところ、何を探そうとしてるんだ？　抑圧された記憶？」

「そんなんじゃないわ」チェルシーはおれを安心させるように歯を見せて笑った。「普段は無視してる記憶、見て見ぬふりをしてる記憶ね。意味がわかるかしら？」

「幸福をプレゼントしてくれるんじゃなかったのか」

チェルシーはおれの唇(くちびる)に指先を押しつけた。「信じようと信じまいと、シグナス、人はときにいい思い出まで無視してしまうものなのよ。たとえば、楽しむべきではないと思うことを楽しんでしまった場合とかね。あるいは——」とおれの額にキスをして、「——自分は幸せになる価値がないと思っている場合とか」

「じゃあ、狙いは——」

「そこにあるものを拾うだけ。拾ってみないと何だかわからないわ。目を閉じて」

どこか耳と耳のあいだで静かなハム音が響いた。チェルシーの声が闇の中を先導していく。

「忘れないで、記憶は歴史の保管庫じゃない。記憶は——実のところ、即興なの。特定のできごとと多くの事象との結びつきは、どれほどはっきり覚えていると思っても、事実とは異なることがあるわ。脳にはものごとを合成したがる癖があって、事実の細部を捏造してしまうの。でも、だからって記憶が真実じゃないということにはならない。わかった？　それはあなたが世界をどう見ていたかの忠実な反映で、また記憶の一つ一つがあなたの世界観の構築に密接に関わっている。でも、記憶は写真じゃない。せいぜい印象派の絵画ね。わかった？」

「わかった」

「あら、何かあるわ」

「何が？」

「機能的クラスター。無意識レベルで何度も参照されてるけど、意識の表層に浮かび上がるほどじゃない。どうなるか見てみましょう――」

おれは十歳になっていた。早めに家に帰ってキッチンに入ったところで、焦げたバターとガーリックの香りが空気中に漂っていた。パパとヘレンが隣の部屋で喧嘩している。ごみ箱の蓋が開けっ放しで、ヘレンはそれだけのことでもときどき腹を立てたが、その日の喧嘩の原因はそれではなかった。ヘレンは〝家族全員にとっていちばんいいこと〟をしたがったが、パパは〝限界というものがあって、これはやりすぎだ〟と思っていた。するとヘレンが〝ろくにあの子といっしょにいないからどんなふうだかわからないのよ〟と言い、おれが喧嘩の原因だとわかった。それ自体は別にめずらしいことではない。

おれがびっくりしたのは、パパが反論するのをはじめて見たからだった。

「そんなことは強制すべきじゃない。それがどういうことなのかわからない相手にはとくに」パパは決して怒鳴らない——声の調子はいつもと変わらず穏やかだった——が、聞いたこともないほど冷たくて、鉄のように硬い声だった。

「ばかなこと言わないで」ヘレンが言い返した。「親はいつだって、子供の代わりにいろいろな決定をしているわ。子供がいちばん幸せになれるように。とくにそれが医療の話だったら——」

「これは医療の話じゃない！」パパがめずらしく声を荒らげた。「これは——」

「医療の話じゃないですって！　いくら何でもそれは言いすぎよ！　忘れてるなら教えてあげるけど、脳を半分摘出したのよ！　何の手助けもなく回復できると思うの？　ここでも〝父親としてきびしく接するのが愛情〟だって言うわけ？　だったらいっそ、食べ物も水も与えなければいいのよ！」

「ミューオプが必要なら、処方されていたはずだ」

おれは聞き慣れない言葉に顔をしかめた。何か小さくて白いものが、蓋の開いたごみ箱から手招きしていた。

「ジム、理性的に考えて。あの子はいつも上の空で、わたしに話しかけてもこないのよ」

「時間がかかると言われたじゃないか」

「でも、二年よ！　自然回復に少しばかり手を貸すのは悪いことじゃないわ。闇市場で手に入れたってわけでもない。普通に薬局で買ったものよ」

「問題はそこじゃない」

　からっぽの薬瓶だ。二人のどちらかがごみ箱に放り込んで、蓋を閉めなかったらしい。おれはキッチンのごみの中からそれを回収し、頭の中でラベルの文字を読み上げた。

「たぶんいちばんの問題は、三カ月も家に帰ってこなかった誰かさんが、わたしの育児能力に文句をつけてるってことでしょうね。育児に口出ししたかったら、まず自分の役割をきちんと果たしてからにしてちょうだい。それができないなら黙ってて」

「あんなものを二度と息子の口に入れることは許さない」父親が言った。

ボンドファースト™　フォーミュラⅣ
μ(ミュー)・オピオイド受容体促進薬／母子紐帯(ぼしちゅうたい)強化薬
〝母親と子供の絆を強めます。二〇四二年承認〟

「あらそう。それで、わたしが薬を与えるのをどうやって止めるつもり？　自分の家族がどういうことになっているか、気にかける時間もないくせに。軌道上からわたしのすべてをコントロールできるとでも？　あなたは――」

急にキッチンから聞こえるのがくぐもった喘音だけになった。おれは角の向こうを覗き見た。

父親がヘレンの喉につかみかかっていた。

「そうするしかなければ、おまえが永遠にシリに何もできないようにすることだってできる。それはわかっているはずだ」

そのときヘレンがおれを見た。続いて父親も。母親の喉から手を放した父親の表情は、まったく読むことができなかった。

ただ、ヘレンの顔には間違いなく勝利の表情があった。


おれは片手にヘアネットを握りしめ、長椅子から起き上がった。チェルシーが目を大きく見開いておれの前に立った。頬骨の上の蝶は死んだように動かない。

彼女はおれの手を取った。「何てこと。ごめんなさい」

「きみも――見たのか?」

「いいえ、もちろん見てないわ。わたしは心が読めないもの。でも、見るからに……幸せな記憶じゃなさそうだった」

「そう悪くもなかったよ」

おれは肉体から切り離された鋭い痛みをどこか近くに感じていた。白いテーブルクロスの上の、一点のインクのしみ。すぐさまそれを消し去る。ぐっと唇を噛んで。

チェルシーはおれの腕に手を滑らせた。「強いストレスだったようね。生命徴候(バイタル)が――だいじょうぶ?」

「ああ、どうってことはないよ」口の中に塩味を感じた。「ちょっと気になったことがあるんだけど」

「どんなこと?」

「どうしてこれをおれにしようと思ったんだ?」

「追い払えるからよ、シグナス。それがいちばん大事なところ。その記憶がどんなもので、その何が気に入らないにせよ、どこにあるかはもうわかってるわ。これでいつでも取り出せるし、そうしたければ何日かかけて、永久に消去することもできる。もう一度ネットをかぶれば――」

彼女はおれの身体に腕を回して抱き寄せた。砂のようなにおいがした。それに汗。おれは彼女のにおいが好きだった。しばらくのあいだは安心していられる。いつ底が抜けるかわからないという思いから解放される。チェルシーといっしょにいると、なぜか自分に意味があると思える。

ずっとおれを抱いていてもらいたかった。

「いや、やめておこう」

「やめる?」彼女は目をしばたたき、おれの顔を見上げた。「どうして?」

おれは肩をすくめた。「過去の記憶がない人間が何て言われるか、きみも知ってるだろう?」

猛獣は自分の夕食のために走る。獲物は自分の命のために走る。

——古い生態学者の格言

おれたちは目も見えず救いもなく、敵陣内の脆弱な泡の中に押し込まれていた。やがてとうとうささやき声がやんだ。怪物はテントの外にとどまっている。

アマンダ・ベイツもそこにいる。

「何てことだ」スピンデルが嘆息した。

フェイスプレートの奥の目は探るように動きまわっていた。「見えるのか?」とおれは尋ねた。

スピンデルはうなずいた。「ベイツはどうしたんだ? スーツが破れたのか?」

「そうではないと思う」

「だったら、どうして自分は死んだなんて言ったんだ? 何が——」

「文字どおりの意味だ」おれは答えた。「〝死んだも同然〟でも〝すぐに死ぬ〟でもなく、〝今死んだ〟という意味で言っていた。死体がしゃべってるみたいに」

「どうしてそれが――」わかるのか？　愚問だ。スピンデルの顔がヘルメットの中で痙攣(けいれん)した。「狂気じゃないか、ええ？」

「〝狂気〟を定義してくれ」

四人組は静かに浮遊し、狭い空間の中でスピンデルとほとんど密着していた。クランチャーは収容されると同時に足にこだわるのをやめていた。あるいは単に人格が交替しただけかもしれない。厚いグラヴをはめた指の動きに、スーザンの特徴が見えたような気がした。

スピンデルのささやきがリンク経由でも聞こえてきた。「ベイツが死んだなら、われわれも死んだわけだ」

「どうかな。次のピークを待って、ここから脱出できるだろう。それに、ベイツは死んだわけじゃない。自分は死んだと言ってるだけだ」

「くそったれ」スピンデルは手を伸ばし、グラヴのてのひらをテントの壁に押しつけた。布地を押して前後に揺する。「確か誰かがエネルギー変換器を――」

「八時の方向、一メートルくらい」とおれ。スピンデルの手が壁の向こうにあるセンサーポッドの上で止まった。おれのＨＵＤにも数値が流れ込んでくる。スピンデルの腕を振動させ、全員のスーツに情報を送っているのだ。

外の磁場強度はまだ五テスラもあったが、下がってはきていた。テントが呼吸でもするかのようにふくらみ、束(つか)の間(ま)の低圧前線が通過すると、すぐにまたしぼんだ。

「いつ視力が戻ったんだ?」おれはスピンデルに尋ねた。

「中に入ってすぐだ」

「もっと前だろう。バッテリーが見えてたはずだ」

「受けそこなったがね。目が見えていても不器用なやつだってことか、ええ? ベイツ! そこにいるのか?」

「手を伸ばして、もう少しでつかめそうだった。あれが偶然とは思えない」

「偶然じゃないさ。盲視(ブラインドサイト)だ。アマンダ、返事をしてくれ」

「盲視(ブラインドサイト)?」

「受容体に問題はない」スピンデルは心ここにない様子で説明した。「脳は映像を処理しているが、そこにアクセスできない状態だな。脳幹は把握してる」

「脳幹には見えるのに、あんたには見えないってことか?」

「そんなところだ。口を閉じて、邪魔をするな――アマンダ、聞こえるか?」

「……いいえ……」

テント内の誰かの声ではない。振動がスピンデルの腕を伝わり、かろうじて聞こえる程度の大きさで、ほかのデータといっしょに届いたのだ。外から。

「マンディ少佐！　生きてるんだな！」スピンデルが叫んだ。

「……いいえ……」ホワイトノイズのようなささやき。

「だが、こうしてわれわれに話しかけている。絶対に死んではいないということだ」

「いいえ……」

スピンデルとおれは顔を見合わせた。「何が問題なんだ、少佐？」

沈黙。四人組がおれたちの背後の壁に静かにぶつかった。どの人格も不透明になっている。

「ベイツ少佐、聞こえるか？」

「いいえ」死んだ声——金魚鉢に囚われたような静謐な声が、三桁の通信速度で腕と鉛を伝わってくる。だが、それは確かにベイツの声だった。

「中に入るんだ、少佐。入ってこられるか？」とスピンデル。

「……いいえ……」

「負傷したのか？　動けないのか？」

「……い、いいえ」

たぶん声ではなく、声帯の振動が伝わっているのだろう。

「いいか、アマンダ、そこは危険だ。放射線量が強すぎる。わかるか？　きみは——」

「わたしはここにはいない」声が言った。

「だったら、どこにいる？」

「……どこにも」

おれはスピンデルを見た。スピンデルはおれを見た。どちらも何も言わない。

口を開いたのはジェームズだった。長い沈黙のあと、静かに尋ねる。「じゃあ、あなたは何なの、アマンダ？」

返事はない。

「あなたはロールシャッハなの？」

この獣の腹の下では、いかにもありそうなことに思えた。

「いいえ……」

「じゃあ、何なの？」

「な……何でもない」声は平板で機械的だ。「わたしは何でもない」

「自分は存在しないということか？」スピンデルがゆっくりと尋ねた。

「そうだ」

テントがまた呼吸する。

「だったらどうしてしゃべれるの？」スーザンが声に尋ねた。「あなたが存在しないなら、わたしたちが話している相手は何なの？」

「何か……別のもの」苦しそうなため息。「わたしではない」

「くそ」スピンデルがつぶやいた。彼の表層が決意と、突然の洞察に輝いた。壁から手を離す。ＨＵＤの情報表示が瞬時に切れた。「このままじゃ脳がフライになる。中に回収しないと」彼はそう言って、扉の開閉装置に手を伸ばした。

おれも自分の手を伸ばした。「ピークは――」

「もう過ぎたよ、政治委員。下がりはじめてる」

「もう安全だってことか？」

「それはない。生命に危険なレベルにあるのは同じだ。ベイツはその危険な外にいて、深刻なダメージを受けようと――」

何かが外からテントにぶつかった。外側のハンドルをつかんで、引っ張っている。シェルターが目のように開いた。単分子膜の向こうからアマンダ・ベイツがこっちを見ていた。「三・八テスラ。許容限度内だろう？」

誰も身動きしない。

「行くぞ。休憩は終わりだ」

「アマ――」スピンデルがまじまじとベイツを見つめた。「だいじょうぶか？」

「こんな中で？　まさか。だが、われわれには仕事がある」

「あんたは――存在してるのか？」

「何をばかなことを。スピンデル、磁場強度は？　作業ができるか？」

「ええと……」スピンデルは音を立てて唾を飲み込んだ。「中止すべきだと思うね、少佐。

さっきのピークが――」

「こちらの計器を見る限り、ピークはもう完全に過ぎた。あと二時間足らずで設置を終え、現場情報を把握し、脱出しなくてはならない。幻覚を起こさずにこなせると思うか？」

「過敏になる必要はないだろう。次のピークが来るまでは、何というか――極端な影響が出る心配はないと思う」

「けっこう」

「ただ、次のピークはいつ来てもおかしくない」

「さっきのは幻覚を起こしたんじゃないわ」ジェームズが静かに言った。

「その話はあとだ」とベイツ。「さあ――」

「パターンがあるのよ」ジェームズは食い下がった。「磁場に。わたしの頭の中に。ロールシャッハが話していたわ。わたしたちに向かってではないと思うけど、確かに話していたの」

「すばらしい」ベイツは身じろぎしてジェームズを通した。「これでやっと返事ができそうだな」

「話が聞けるようになるだけよ」ジェームズが言った。

おれたちは強がりながらも怯（おび）えた子供のように逃げだした。ベースキャンプはそのまま残していく。奇蹟的にまだ機能していたジャックも、幽霊屋敷に通じるトンネルも、たぶんだめだろうがもしかすると生き延びてくれるかもしれない磁気測定器も。金属の伸縮で世界を計測して結果をプラスティックのロールに刻みつける、放射線に影響されない昔ながらの全天日射計と温度計も。輝く球体とファラデー・ベルと、それをつなぐガイドロープも。すべてをあとに残して、まだ生きていれば三十六時間以内に戻ってくると心に決めて。

全員の体内で、微小な傷が細胞をぐずぐずに崩壊させていた。細胞膜には無数の裂け目が生じた。修復酵素は圧倒されながらも、ぼろぼろになった遺伝子を懸命に修復しつづけるが、それは避けられない運命をほんのわずか先延ばしするだけだ。ラッシュアワーを避けようとするかのように、腸粘膜は肉体のほかの部分に先駆けて死にはじめていた。

〈テーセウス〉に戻るころには、ミシェルとおれは吐き気を感じていた（不思議なことに、四人組のほかの面々は何ともなかった。なぜそんなことがあり得るのかさっぱりわからない）。ほかの者たちにもすぐに同じ症状があらわれるだろう。何も手を打たなければ、二日ほどは内臓をすべて吐き出す勢いで嘔吐が続くはずだ。そのあと肉体はいったん回復したように見える。たぶん一週間くらい、痛みはなく、未来もない。歩いてしゃべって普通に動きまわって、おれたちは不死なんだと信じたくなる。

その後、崩壊が始まる。肉体が内部から腐って、おれたちは目からも口からも肛門からも血を流し、神に慈悲があれば、熟れた果実のように肉体が裂ける前に死ぬことができるだろう。

だがもちろん、〈テーセウス〉がそんな運命から救い出してくれる。シャトルを出たおれたちは、サラスティが状態を把握するために設置した巨大な風船へと行進した。汚染された宇宙服や衣類は脱いで、裸で脊髄を通過する。一列になってドラムを抜ける様子は、隊列を組んだ空飛ぶ死体だった。ユッカ・サラスティは――回転する床の上で慎重に距離を取って――船の後方に姿を消した。おれたちが出した放射性廃棄物を分解器に食わせにいったのだ。

納骨堂に入る。後部隔壁の前で棺が口を開けている。誰もが無言で、ありがたくその抱擁に身を任せた。蓋が閉まるとき、ベイツが咳き込んで血を吐いた。

船長がおれのスイッチを切ると、骨が小さくきしんだ。おれは死者の眠りに就いた。ふたたび誕生できる保証は、理論と仲間たちの言葉だけだった。

キートン、出てこい。

目覚めると飢えていた。ドラムからかすかな話し声が聞こえる。目を閉じたまましばらくポッドの中に浮かんで、痛みも吐き気もない状態を味わう。肉体が徐々に崩壊していくという無意識下の恐怖もなかった。力が入らず空腹だが、それ以外は問題なかった。

おれは目を開いた。

腕に似たものがある。灰色で、湿ったように光を反射し、人間の腕にしては――ずいぶん先細りだ。先端に手はなく、関節が多すぎる。関節は何十もあって、全体がしなやかに動くようになっていた。ポッドの縁の向こうにぼんやりと身体が見えた。黒っぽい塊(かたまり)から生えた何本もの腕がばらばらに動いている。その姿が目の前に、何か恥ずかしい行為を見咎(みとが)められたかのように、硬直して浮かんでいた。

叫び声を上げようと息を吸い込んだときには、その姿は消えていた。

おれはポッドを出て、四方八方に目を配った。何も見当たらない。無人の納骨堂、剝き出しの記録装置。鏡面になった隔壁にはおれの左右のからっぽのポッドが映っていた。コン・センサスを呼び出す。システムに異状はなかった。

あの怪物は鏡に姿が映っていなかった。

まだ胸をどきどきさせながら、おれは船尾方向に向かった。ドラムが開き、スピンデルと四人組が低い声で話し合っているのが下方に見えた。スピンデルが目を上げ、震える手を振って挨拶した。

「おれの状態を調べてくれ」とおれは呼びかけた。落ち着いた声を出したつもりだったが、まるで安定していなかった。

「自分は問題を抱えていると認めるのは治療の第一歩だ。ただし奇蹟を期待しないようにな」スピンデルはそう言って四人組に向きなおった。ジェームズが診断カウチに座って、後部隔壁で明滅するテスト・パターンを見つめている。

おれは階段の端をつかみ、身体を引き下ろした。コリオリの力のせいで、風にあおられた旗のように横方向にずれる。「おれが幻覚を見たか、船内に何かいるかだ」

「幻覚だよ」

「まじめな話なんだ」

「わたしもだ。番号札を取って、順番が来るまで待っていろ」

スピンデルも真剣だった。気持ちを落ち着け、身体徴候を読む。彼は驚いてさえいなかった。

「消耗した状態でずっと寝てたから、空腹なんじゃないか、ええ?」スピンデルは調理場のほうに手を振った。「何か食べておけ。すぐに診察するから」

おれは食べながら最新の概要に目を通したが、頭は半分しか働かなかった。残る半分はいまだに〝闘争か逃走か〟で悩みつづけている。おれは生体医療映像をタップして気を紛らわせようとした。

「現実だったわ。全員が見たのよ」ジェームズが主張している。

いや、現実だったはずはない。

スピンデルが咳払い（せきばらい）した。「これを試してみてくれ」

そこにはジェームズが見たものが映っていた。白を背景にした、小さな黒い三角形。そこから無数の同形のコピーが生じ、その一つ一つがさらに無数に分裂した。急増した三角形は中央スクリーンのまわりを旋回している。単純な幾何学図形が正確なフォーメーションで舞踏会のダンスに興じているようだ。それぞれの先端からより小さな三角形が伸び出し、フラクタル化し、回転し、無限に進化していく。複雑なパターンが空間を埋めつくす。

モンタージュだ。言葉によらない目撃情報のインタラクティヴな再構築。パターン照合を処理するスーザン自身の脳(ウェットウェア)が今見ているものに反応し――〝いえ、もっとあるわ。配置が違ってる。そう、これよ。そこをもっと大きく〟――スピンデルの装置がその反応を彼女の頭の中から拾い上げて、映像をリアルタイムで修正していく。〝言語〟と呼ばれるおおざっぱで回りくどい手段から、大きくステップアップしていた。信じやすい人間なら心を読んでいると思いそうなくらいだ。

だが、これは心を読んでいるわけではない。フィードバックと修正をくり返しているだけだ。あるパターンを別のパターンに置き換えるのにテレパシー能力は必要ない。幸いなことに。

「これよ、これ!」スーザンが叫んだ。

三角形は分裂をくり返し、すでに存在しなかった。表示されているのはぴったりと嚙(か)み合った無数の非対称の星形、魚の鱗(うろこ)でできたクモの巣だった。

「ランダムノイズだなんて言わないでよ」スーザンが勝ち誇った声を上げる。

「ああ」とスピンデル。「これはクリューヴァー定数だ」

「何それ？」

「幻覚だよ、スーズ」

「もちろんよ。でも、何かがそれをわたしたちの頭の中に埋め込んだんでしょ、違う？　それに――」

「最初から頭の中にあったものだ。生まれたその日から」

「まさか」

「脳構造の深部に存在するものだ。生まれついての盲人も、そういう幻覚を見ることがある」

「わたしたちは誰も見たことがなかったわ。今まで一度も」

「信じるよ。でも、そこには何の情報もなかったろう、ええ？　ロールシャッハがしゃべっていたんじゃない。ただの……干渉だ。そこらに生じる干渉現象と同じものさ」

「でも、はっきり見えたわ！　目の隅にちらりと見えるなんていうんじゃなくて、実体があった。現実よりもリアルだったくらい」

「だからこそ現実じゃないとわかるんだ。実際に目で見てるわけじゃないから、眼球の光学的解像度に関係なく、くっきりと見える」

「ああ」ジェームズは急におとなしくなった。「くそ」

「まったくだ」スピンデルはおれのほうに顔を向けた。「いつでもいいぞ」

おれは顔を上げた。スピンデルが手招きしている。ジェームズは椅子から立ち上がったが、憂鬱（ゆううつ）げにスピンデルを睨（にら）んだのはミシェルで、テントに戻る途中おれのそばでぶつぶつ言っていたのはサーシャだった。

スピンデルは長椅子を広げて簡易寝台に変形させていた。「横になって」

おれは寝台に横になった。「おれの場合はロールシャッハでの話じゃなくて、ここで見たんだ。ついさっき、目が覚めたときだ」

「左手を上げて」とスピンデル。ややあって、「左だけでいいぞ、ええ？」

おれは右手を下ろし、針を刺されると顔をしかめた。「いささか原始的だな」

スピンデルは親指と人差し指で採血管をつまんだ。爪ほどの大きさのルビー色の液体が震えている。「いまだに生体サンプルがいちばんという分野もあるのさ」

「ポッドが何でもやってくれるはずじゃないのか」

スピンデルはうなずいた。「ポッドがやるのは品質管理だ。船をつねに即応状態にしておくためのな」採った血をいちばん近いカウンターの上に垂らす。血液は平らに広がり、カウンターはそれを貪欲（どんよく）に飲み込んだ。スピンデルは唇（くちびる）を舐（な）めた。「コリンエステラーゼ阻害酵素の濃度が高いな。うまい」

おれの知る限り、スピンデルは実際におれの血液を美味だと感じているはずだった。彼は分析結果を読み取るだけでなく、まるで舌に柑橘類（かんきつるい）の果汁を垂らしたように、そのデータをにおいや味として感じ、体験する。生物医学サブドラム全体がスピンデルの人工器官の一部なのだ。何十もの異なる感覚を持つ肉体が、五感しかない脳にそうやって情報を伝えている。ミシェルと相性がいいのも当然だった。スピンデルもまた、ある意味で共感覚の持ち主なのだから。

「きみはほかの者たちより少し長くポッドに入っていた」

「重要なことなのか？」

スピンデルは痙攣するように肩をすくめた。「たぶんきみの臓器の損傷は、ほかの者たちより少しだけ深刻だったのだろう。デリケートな処置が必要だったのかもしれない。幻覚が出るほど切迫したものだったら……きみのポッドが見逃すはずが——おっと」

「どうした？」

「頭部の細胞がいくつか、過度に活性化している。胆嚢と肝臓にももっとあるな」

「腫瘍か？」

「何を期待していたんだ？　ロールシャッハは若返り温泉ではないぞ」

「でもポッドが——」

スピンデルがしかめ面になった。本人は安心させるような笑みを浮かべたつもりだ。「損傷の九十九・九パーセントは確実に修復される。残りの〇・一パーセントには収穫逓減則が効いてくるが、その部分はごくわずかだ、政治委員。肉体が自力で対処するかもしれないし、そうならなくても、どこにあるかはわかっている」

「おれの脳の中だ。それが原因だとは――」

「あり得ないな」一瞬、下唇を噛む。「なぜなら、幻覚は腫瘍のせいではないからだ」

「おれが納骨堂で見たものは、中央の本体から無数の関節がある腕が伸びていた。たぶん人間くらいの大きさだ」

スピンデルはうなずいた。「慣れるしかない」

「ほかの連中にもあれが見えてるのか?」

「どうかな。見えるものは人それぞれだ。ちょうど――」顔面のチックが〝言ってもいいものか?〟と語っている。「――ロールシャッハ・テストのようなものだ」

「磁場の中で幻覚が見えるのは覚悟していたが、どうしてここでも見えるんだ?」

「TMS効果だ」スピンデルはぱちんと指を鳴らした。「あれは長引くだろう、ええ? ニューロンが励起状態になると、興奮が収まるのに少し時間がかかる。TATを受けたことは? きみは高度に調整された少年だったんだろう?」

「たぶん一度か二度」

「原理は同じだ」

「つまりこれからもあれが見えつづけるわけか」

「徐々に消えていくだろうがね。普通なら一、二週間で通常に戻るが、ここにいて、あれがいる限り……」スピンデルは肩をすくめた。「変数が多すぎる。サラスティから別命があるまでは、同じことのくり返しになるだろう」

「本質的には磁気による刺激だ」

「たぶんな。あれが関わっている限り、何も断言する気はない」

「ほかの原因は考えられないか？　この船の何かが引き起こしているとか？」

「たとえば？」

「わからない。〈テーセウス〉のシールドのどこかが破れているとか」

「普通は考えられないな。もちろん、われわれ全員、頭の中にネットワークをインプラントしているからな、ええ？　おまけにきみは脳半球を丸ごと切除して、残りを配線しなおしている。どんな副作用があるか、誰にもわからないだろう。だが、なぜだ？　ロールシャッハが原因と考えるだけでは不満なのか？」

　おれは〝前にも見たことがある〟と答えるつもりだった。

　するとスピンデルは〝ほう、いつ、どこで？〟と尋ねるだろう。

　おれは〝あんたの私生活を覗き見ていたときだ〟と答えることになる。そうなったら非侵襲的観察はおしゃかになる。

「たぶん何でもない。どうもこのところ——神経過敏ぎみで。ロールシャッハに下りる前、脊髄束で妙なものを見た。ほんの一瞬で、よく見ようとしたら消えてしまった」

「多数の関節がある腕が本体から伸びているものか？」

「そうじゃない。ちらっと見えただけだ。アマンダのゴムボールが浮かんでいただけかもしれない」

「まあな」スピンデルはほとんどおもしろがっているようだった。「シールドの破れをチェックしても悪いことはないだろう。念のためだ。ほかに幻覚の原因があるというのも困るだろう、ええ？」

おれは悪夢を思い出してかぶりを振った。「ほかのみんなはどうなんだ？」

「四人組は問題ない。少し気落ちしているようだが。少佐は見かけていないな」スピンデルは肩をすくめた。「わたしを避けているようだ」

「とりわけひどい目に遭ったからな」

「実際にはほかの連中と同じだよ。覚えてさえいないだろう」

「どうして――自分が存在しないなんて信じ込めたんだ？」

スピンデルはかぶりを振った。「信じたんじゃない、知っていたんだ。事実として」

「しかし――」

「車に充電メーターがあるだろう、ええ？　それが接触不良を起こすと目盛りはゼロを指し、運転手は充電残量がゼロだと思う。そう考えるしかないんだ。電池の中に入って、電子を数えてくるわけにはいかないからな」

「脳に〝存在メーター〟みたいなものがあると言ってるのか？」

「脳にはあらゆるメーターがある。盲目でなくても、自分は盲目だと知ることができる。盲目であっても自分は目が見えると知ることができる。同様に、存在していても自分は存在しないと知ることができるんだ。リストはきわめて長大だよ、政治委員。コタール症候群、アントン症候群、ダマスカス病、ほかにもまだまだある」

スピンデルは〝盲視（ブラインドサイト）〟とは言わなかった。

「どんなふうだったんだ？」

「どんなふう？」おれが言いたいことはわかっているはずだった。

「あんたの手は……勝手に動いたのか？　バッテリーをつかもうとしたとき」

「あれか。いや、動かすことはできていた――感覚があるというか、どこに手を伸ばせばいいのかはわかった。脳の一部が別の一部とジェスチャー・ゲームをしているんだな、ええ？」身ぶりでカウチを示す。「下りていいぞ。きみの見苦しい臓物は、とりあえずじゅうぶんに見た。ベイツがどこに隠れているかわかったら連れてきてくれ。たぶん合成工場で兵士の大群を製造中だろう」

不安な気持ちが陽光のようにあふれ出ている。「ベイツと何かあったのか？」

スピンデルは否定しかけたが、誰を相手に話しているのか思い出したようだった。「個人的には何も。ただ――人間の神経結節が機械の兵士を動かすんだ。電気的な反応が肉体の反応に従属することになる。どこに弱点があると思う？」

「ロールシャッハにいたとき、リンクがとても弱くなっていた」

「ロールシャッハの話じゃない。われわれは向こうに行ったのに、どうして向こうはこっちに来ない？」

「その気がないから」

「あるいは、まだ到着していないからだ。到着した暁には、嫌気性微生物よりも大きなものを相手にすることになるだろう」おれが何も答えずにいると、彼は声を落として先を続けた。「いずれにせよ、ミッション・コントロールはロールシャッハなど知ったことではない。力仕事は全部ドローンに任せればいいと思っている。だが、ミッション・コントロールは蚊帳の外に置かれるのが大嫌いだろう、ええ？　兵隊が将軍よりも頭が切れるなんて、絶対に認めない。つまりこちらの防御は政治的妥協の産物になる――何を今さらという話だが。わたしだってばかじゃない。これは非常にまずい戦略だ」

　兵士の誕生に立ち会うアマンダ・ベイツの姿を思い出す。あれは安全上の予防措置以上のものだったようだ……

「アマンダは――」

「マンディはしっかりしている。頼れる哺乳類だよ。だが、戦闘状況に突入したら、最弱のリンクで構築されたネットワークに命を預けたいとは思わない」

「殺人ロボットの群れに取り囲まれることになるのだとしたら、あるいは――」

「ああ、その話は昔からある。機械なんか信用できるかってやつだ。機械嫌いはコンピューターの誤作動を騒ぎ立てるのが大好きだし、人間が最終決定権を握っていたおかげで、偶発的な戦争がいくつ防げたと思うんだなどと言いたがる。だがね、政治委員、おもしろいことに、同じ理由で意図的な戦争がいくつ起きたかを語る者はいないんだ。きみはまだ後世の人人に葉書を書きつづけているのか？」

おれはうなずいた。内心でひるむこともない。スピンデルはこういうやつだ。

「だったら、次の葉書に今の話を引用しても構わんよ。きっと役に立つだろう」


自分が戦争捕虜だと想像してみてくれ。

そうなるとわかっていたことは認めざるを得ない。あんたは十八カ月にわたって技師を出し抜き、バイオゾルを撒きつづけた。誰の基準に照らしても大した偉業だ。現実主義者（リアリスト）の破壊工作員は、基本的にあまり長くは働けない。いずれ全員がかならず捕まるからだ。

ずっとそうだったわけではない。無事な退役を夢見た日だってあったかもしれない。だが、そこに更新世と〈大いなる嘆きのガンジス〉から吸血鬼が呼び戻され、パワー・バランスを根底からひっくり返した。当然だ。連中はつねにこっちの十歩先を行っていた。結局、吸血鬼は人間を狩るために進化してきたのだから。

個体群動態学の世界には古くから伝わる言葉がある。本当に古くて、たぶん二十世紀まで遡る。あんたの同業者にとっての、一種のマントラ——あるいは祈りといったほうがいいかもしれない。〝猛獣は自分の夕食のために走る。獲物は自分の命のために走る〟——格言の意味は要するに、狩られる者は狩る者よりもモチベーションが大きいから、逃げきることができるというものだ。

どっちの足が速いかというだけの話なら、これは真実だろう。だが、戦術的な洞察や心理の裏をかくトリックといったものが絡んでくるとそうはいかない。勝つのはかならず吸血鬼のほうだ。

こうしてあんたは捕まってしまう。罠を仕掛けるのは吸血鬼かもしれないが、引金を引くのはつねに裏切り者の、ベースラインの人間だ。あんたはすでに六時間、名もなくリストにも載っていない、地下の拘留施設の壁にヤモリのように貼りつけられ、同族である人間たちがあんたのボーイフレンドや陰謀仲間とゲームをするのを眺めている。普通のゲームではない。ペンチや、焼けたワイアーや、取りはずせるように設計されていない肉体の部品などを使うゲームだ。あんたは恋人がもう死んでいますようにと願っている。部屋の床にばらばらの破片になって散らばっている、同房だったほかの二人と同じように。だが、そんな願いは聞き届けられない。敵は大いに楽しんでいる。

結局そうなってしまうのだ。それは訊問ですらない。信頼度の高い答えを引き出すのなら、もっと穏やかな方法がいくらでもある。それは単に権力を笠に着たサディスティックな虐待、時間つぶしのための殺しでしかない。あんたにできるのは泣き叫んできつく目を閉じ、まだ何もされていなくても、動物のようにあわれな声を上げることだけだ。自分が最後の一人にならないことを祈るしかない。それが何を意味するか、あんたはよくわかっている。

だが、突然、拷問人たちはゲームの途中で手を止め、首をかしげて集合的な内なる声に耳を澄ます。たぶんその声が告げたのは、あんたを壁から下ろし、隣の部屋に連れていき、スマート・デスクの両側に置かれたジェル充填(じゅうてん)椅子の片方に座らせろということだったのだろう。なぜなら彼らが――予期していたよりもずっと丁重に――そのとおりにし、いなくなったからだ。また同時に、その命令を下した者が高い地位にあり、このできごとに腹を立てていることもわかる。なぜなら傲慢(ごうまん)なサディストたちの顔が、一瞬のうちに蒼白(そうはく)になったからだ。

あんたは座って待つ。デスクが明るくなり、柔らかな光の中に謎めいたシンボルが浮かび上がる。たとえその意味が理解でき、そこに吸血鬼の秘密が書かれていたとしても、あんたは興味を示さないだろう。意識のごく小さな一部が、この展開は希望につながるのだろうかと考えはじめる。残りの大部分はそんなこと信じていない。生き延びることを考えている自分に憎しみさえ覚える。友人や仲間たちのまだ温かい肉の破片が、壁一枚隔てたところに散乱しているのだ。

アメリカ先住民の血を引くがっしりした体格の女が部屋に入ってくる。特徴のない軍服姿だ。髪は短く刈り込み、喉には薄いメッシュ状のサブ量子アンテナを巻いている。あんたの脳幹はその身長を十メートルと見積もるが、その上に覆いかぶさる大脳皮質は平均的な身長だと主張する。

左胸の名札には〝ベイツ〟とある。階級章はつけていない。

ベイツは腿の鞘から武器を抜く。あんたはたじろぐが、相手は銃口をあんたに向けたりはせず、武器をデスクの上に置く。あんたの斜め前、簡単に手が届く位置だ。

マイクロ波拳銃。フル・チャージされ、安全装置もはずしてある。威力を最低にセットすれば、撃たれた相手は軽い火傷を負い、吐き気を覚える。最高にすれば瞬時に脳を沸騰させられる。その中間で思うままに、さまざまな程度の苦痛と傷を与えることができる。

こういう事態に対して、あんたの感覚はとても敏感になっている。あんたはぼんやりと銃を見つめたまま、罠を見破ろうとする。

「仲間の二人は死んだ」あんたがその目で見ていなかったかのように、ベイツが告知する。

「再生は不可能だ」

再生不可能な死。すばらしい。

「肉体は再建できるが、脳の損傷が……」居心地悪そうに咳払いをする。怪物にしては驚くほど人間的なしぐさだ。「もう一人は何とか救おうとしている。約束はできないが。さて、われわれは情報を必要としている」ベイツが追及にかかる。

もちろんだ。ここまでのことは心理戦、あんたを懐柔するための策略だった。さっきの連中が悪い警官、ベイツがいい警官ということになる。

「話すことは何もない」十パーセントの反抗心と九十パーセントの推論。敵はすべてを知っているはずだ。そうでなければ、そもそもあんたを捕まえることなどできない。

「だったら交渉を」とベイツ。「何らかの和解をしたい」

冗談だろう。

不信感が顔に出たに違いない。ベイツはそれを見咎める。「まったく同情しないわけではない。現実とシミュレーションを交換するという考え方はあまり好きではないし、それを回避するために肉体経済が提案する〝何が真実か〟という見解は買っていないからな。たぶん受け入れられない理由があるんだろう。わたしの問題でも仕事でもないが、意見として間違っていると思う。だが、殺し合っていたのでは打開策は見つからない。非生産的だ」

あんたは友人たちのばらばらにされた死体を見ている。どの断片もまだ少しだけ生きていた。それなのにこの女は、厚かましくも生産性なんてことを口にしている。

「こっちが始めたことじゃない」とあんたは言う。

「そんなことは知らないし、気にするつもりもない。言ったとおり、わたしの仕事ではないからな」ベイツは親指を立て、背後の壁にあるドアを示す。そこから入ってきたに違いない。

「そこにおまえの仲間を殺した連中がいる。武器は取り上げてある。そのドアを通ると部屋はオフラインになり、六十秒間だけどこからも見えなくなる。そのあいだに何があろうと、知っているのはおまえだけだ」

罠だ。そうに決まっている。

「失うものがあるのか？」とベイッ。「おまえをどうにかするつもりなら、とっくにやっている。口実など必要ない」

あんたはためらいながらも銃を取る。ベイッは止めようとしない。

そのとおりだ、とあんたは思う。失うものは何もない。あんたは立ち上がり、急に恐怖を忘れ、武器をベイッに向ける。「そっちの部屋に行くまでもない。ここでおまえを殺せるんだ」

ベイッは肩をすくめる。「やってみればいい。せっかくのチャンスをふいにするだけだ」

「その部屋に入って、六十秒後に出てきて、そのあとは？」

「話し合いだ」

「われわれのあいだに——」

「誠意の印だと思えばいい。罪滅ぼしでも構わない」

近づくとドアが開き、通り抜けると背後で閉まった。やつらがいた。四人とも、十字架にかけられたキリストが聖歌隊を組んだように壁に貼りつけられている。その目にもう輝きはなかった。動物的な恐怖の色が浮かび、ひっくり返ったテーブルが映っているばかりだ。あんたが目を覗き込むと、二人のキリストが失禁した。

あと何秒だ？　五十秒くらい？

長い時間ではない。もう少し余裕があれば、いろいろなことができたのだが。それでもじゅうぶんな時間だし、ベイツという女の厚意につけ込むようなことはしたくない。やっと取引できる相手に出会えたようだから。

状況が違っていたら、アマンダ・ベイツ中尉は軍法会議にかけられ、その月のうちに処刑されていただろう。死んだ四人が強姦、拷問および殺人の複数の罪状で有罪だったとしてもだ。戦争中はそういうことが起きるし、今までずっとおこなわれてきたことだ。戦争に礼儀など必要ない。指揮命令系統に従って守りを固める以上の倫理性は求められない。必要なら無分別になり、罪人を処罰しろ。外見を取り繕う以上の意味がないとしても。だが、とにかくまずまっ先にドアを閉めろ。内部統制の乱れを見せて、敵を満足させてはならない。敵には団結力と、石のような目をした決意を見せるだけでいい。軍には殺人者や強姦魔がいるかもしれないが、それはわれわれの味方である殺人者や強姦魔なのだ。

われわれの味方の首を百以上もベルトから下げたテロリストに、報復の権利などあるはずがない。

それでもなお、議論は紛糾した。半球で三番めに大きな現実主義者集団との休戦交渉をまとめた女なのだ。その活動領域内では、テロが一気に四十六パーセントも減少した。進行中の作戦のいくつかは無条件で中止となった。さもなければ大規模な地下墓地三つが深刻な打撃を受け、ダルースの中間準備施設は壊滅していただろう。すべてはアマンダ・ベイツ中尉が、はじめての実戦指揮で交渉を模索し、軍事戦略に〝共感〟を導入するという賭けに出たおかげだった。

それは敵と手を組むことであり、叛逆であり、将兵に対する裏切りだった。外交官や政治家ならともかく、兵士がすることではない。

それでもだ。結果は出ている。

すべては記録に残っていた。指導力、創造性、必要とあればどんな手段でも使い、どんな犠牲でも払う成功への意志。この傾向は処罰の対象となるのか、適度なら認められるべきなのか。話が外部に漏れなければ、議論は永久に続いていただろう——が、実際には外部に漏れ、将軍たちは突如として英雄を手に入れた。

軍法会議の途中、ベイツの処罰は死刑から再教育に変更された。問題はそれを軍刑務所で実施するか、士官学校でやるかだった。レヴンワースにはその両方がそろっていた。ベイツはそこで徹底的に締め上げられ、その結果、途中で死ななければ昇進が保証されたも同然になった。三年後、ベイツ少佐は恒星間の任務に就き、こう言った。

押し込み強盗に入ろうとしているんだ、シリ……

疑問を感じたのはスピンデルが最初ではない。ほかの者たちも、ベイツが配属されたのはすぐれた資質のためなのか厄介払いのためなのか、判断しきれずにいた。おれはもちろんどちらの見解にも傾かないが、ベイツを両刃の剣のようなものだとは思っていた。

世界の運命がどちらに転ぶかわからないときには、敵との交渉でキャリアを決定づけた人間に目をつけておきたくなるものだ。

それが見えたとしたら、存在しない可能性がある。
——ケイト・キオ『自殺する理由』

五回やってみた。軌道上から五回、おれたちは怪物の顎にみずから飛び込み、何兆という顕微鏡的な歯で嚙みつかせ、そのあと〈テーセウス〉に回収され、元どおりに縫い合わされた。おれたちはロールシャッハの腹から内部に突入し、目下の任務にできる限り意識を集中し、中脳をくすぐる幽霊を何とか無視しつづけた。ときどき周囲の壁がふくらんではしぼみ、それが幻覚の場合は観測を続け、そうでなければファラデー・ベルに飛び込んで、荷電粒子と磁場の波が渦巻きながら通過するのを待った。それはまるでエクトプラズムの丸薬が、ポルターガイストの神の腹の中を下っていくようだった。

ときには衆目の中で幻覚に襲われることもあった。四人組は誰が誰だかわからなくなり、互いに言い争った。おれは一度、目覚めたまま麻痺して、異星人の手で通路を引きずっていかれた。幸いにもほかの手が引き戻してくれ、自分は本物だと主張する声が、すべておれの幻覚だと語りかけてきた。アマンダ・ベイツは二度にわたって、神が目の前に立っているのを見つけた。彼女は造物主が存在するだけでなく、自分に、自分だけに話しかけてくると、何の疑いもなく信じ込んだ。二度ともファラデー・ベルに退避すると信仰心は消え去ったが、一時はかなり危なかった。多少の自律性はあるもののベイツが目視で指揮する兵士ドローンは、ベイツがおかしくなるとよろめきはじめ、不安なくらい近くで武器を振りまわしたのだ。兵士たちは次々と倒れた。最初の襲撃をかろうじてしのいだものもいたが、数分で停止したものもあった。いちばん長く生き延びたのはもっとも動きが遅く、なかば盲目になり、反応も鈍い。シールドされた鼓膜にコマンドが届くのが、周囲に満ちる高周波のノイズのせいでボトルネックになっているのだ。光学コマンドに反応するタイプと入れ替えてみたが、こちらは反応こそ速いが不安定で、さらに役に立たなかった。兵士たちはまだ顔も見せない敵に向かって防衛線を築いた。

ほとんど必要なかったのだが。ロボット部隊は敵の攻撃もないのに倒れていく。

おれたちはそんな中で、発作と幻覚とときおり起きる痙攣（けいれん）の合間に進みつづけた。仲間の錯乱を警戒しながら前進するのだが、磁場の触手が内耳を引っ張り、船酔いのような状態になる。ヘルメットの中に吐くこともあった。そんなときは足を踏ん張り、蒼白（そうはく）な顔で食いしばった歯のあいだから酸っぱい空気を吸いながら、リサイクル・フィルターが嘔吐（おうと）物をきれいにしてくれるのを待つ。嘔吐物を寄せつけず、静電気を帯びることもないフェイスプレートに、誰もが無言の感謝を捧げた。

おれの存在も、単なる敵の標的以上のものであることが急速に明らかになった。四人組のような言語スキルも、スピンデルのような生物学の知識もないが、誰もが瞬時にその場に倒れる危険がある場所で、おれはさらなる一対の両手だった。サラスティが現場に多数の人員を投入するほど、ある瞬間にそこそこ機能する人間の数も多くなる。そうはいっても、おれたちは何かをなし遂げられるような状態ではなかった。何をするにも大きな危険がついてまわるのだ。

だが、何とか作業は進めた。できないなら尻尾を巻いて逃げ帰るしかない。

作業は遅々として進まず、あらゆる方面で行き詰まっていた。四人組は解読対象となる表示や音声を発見できなかったが、全体の仕組みは簡単に観察できた。ロールシャッハはときたま自分自身を仕切り、通路のまわりに隆起を発達させた。まるで人間の気管のまわりを軟骨が取り巻くようだ。隆起は蠟（ろう）が流れるようにゆっくりと結合し、時間とともに虹彩や隔膜を形成する。おれたちは部分構造が成長していくのを目撃しているようだった。ロールシャッハの成長は、主に棘（とげ）の先端部分で生じる。おれたちが侵入したのはいちばん近い先端部から何百メートルも離れた場所だが、そこでもそれだけの成長が起きているのだ。

それが通常の成長過程の一部だとすると、頂点部分ではもっと激しい勢いで成長が進んでいることになる。ただ、内部からそこをじかに観察することはできなかった。先端に向かって百メートルも進むと、いくら肉体の再生が可能でも、あまりに危険が大きくなりすぎる。軌道を五周するあいだに、ロールシャッハは八パーセントほど大きくなっていた。無機質に、機械的に、水晶が成長するように。

そんな中でおれは自分の仕事に没頭した。とても理解できそうにないデータをコンパイルし、照合して〈テーセウス〉に送り返す。周囲の連中(システム)をできる限り調べ、癖(くせ)や特徴を織り込んでいく。心の一部で概要を統合し、別の一部では理解できないながらも観察を続けた。その洞察がどこから来たのかは、どちらの部分もわかっていなかった。

とはいえ、作業は困難を極めた。サラスティはおれをシステム外に出そうとしない。おれという混乱要因のせいで、観察結果はすべて汚染されてしまった。おれは全力を尽くした。重要な決定に影響しそうな提案は控え、探査中は言われたことだけをして、それ以外は手も口も出さない。指導力もなく、全体の動きに影響を与えることもない単なる道具、ベイツのドローンの一体になったつもりで作業をおこなった。だいたいにおいてうまくいったと思う。

おれの盲目的な作業の結果は予定どおりに進み、どこにも送られることなく〈テーセウス〉の通信スタックに積み上げられた。地球に信号を到達させるには、付近に妨害要因が多すぎた。

スピンデルの言ったとおりだった。幽霊が舞い戻ってきたのだ。サラスティのものではないささやき声が脊髄に沿って聞こえてくる。広角レンズで見たような明るく輝くドラム内の世界が、目の隅をちらちらと動く――さらには腕の数が多すぎる首のない骨張った幻影が、足場につかまっているのも見えた。視野の端に見えている分には実体があるように見えるが、焦点を合わせようとすると、透きとおった影になって背景に溶け込んでしまう。幽霊たちはいかにも脆そうだった。観察するだけで穴があいてしまうようだ。

スピンデルは雨粒を払いのけるように狂気を払いのけていた。おれはコン・センサスに知識を求め、別の自我が大脳辺縁系や後脳や、小脳の下にまで埋まっているのを発見した。それは脳幹の中で生きており、脊椎動物そのものよりも古く、自己充足していた。自力で見て聞いて感じて、進化が考えなおしたかのようにその上に積み重ねた層から完全に独立している。興味があるのは自身の生存のみ。計画や抽象的な分析に時間を割くことはなく、基本的な感覚の処理だけに力を注ぐ。その分、それはすばやく熱心だった。もっと頭のいい同居人が脅威に気づきもしないうちに、瞬時に反応できるほどだ。

たとえ反応できなくても――頑固な大脳皮質が手綱を緩めようとしなくても――それは気づいたことを何とか伝えようとし、アイザック・スピンデルはどこに手を伸ばせばいいのかを非言語的に知ることができる。いわば四人組の最小限バージョンを頭の中に持っているのだ。人間なら誰でも。

もっとよく見ると、脳の奥に神そのものが見つかった。ベイツに臨死体験をもたらし、ミシェルに発作を起こさせた空電だ。おれはグレイ症候群を追跡し、側頭葉の源流にたどり着いた。統合を失調した脳内で叫ぶ声を聞いた。人に自身の四肢を拒否させる皮質の梗塞を見つけ、クランチャーが自分をばらばらにしようとしたとき、四人組の代わりに居座っていたはずの磁場を想像した。なかば忘れられた二十世紀の症例――コタール症候群――の研究が注目した場所には、アマンダ・ベイツやその同類がいた。自分自身という存在を否定する方向に脳がねじれた者たちだ。「昔はわたしにも心臓があった。今はその場所で、何か別のものが鼓動している」記録保管庫の奥で一人がけだるげに声を上げる。埋葬されることを望む者もいた。自分の死体がもうにおいはじめていたからだ。

ほかにもあった。ロールシャッハがまだ使っていないものまで網羅した、機能不全の詳細なカタログだ。夢遊病、失認症、半側空間無視。コン・センサスはフリークショーでも見せるように、おれたちの心自体が持つ弱さを次々と開陳していった。すぐ近くに水道があるのに渇きで死にかけた女。蛇口が見えないのではなく、それが何なのか認識できないのだ。左側に世界が存在しない男。身体や部屋や文字列の左側からの情報を感知できないだけでなく、そもそも左という概念が欠如していて、その存在を考えることさえできない。

ときとして人間は、そこにあるとわかっているものが見えなくなる。目の前に超高層ビルがいきなり出現したり、ちょっと気を取られた隙に、今まで話していた相手が別人に変わっていたり。気がついていないのだ。これは魔法ではない。勘違いでさえなく、非注意性盲目と呼ばれる。一世紀以上前からよく知られている現象だ。人間の目には、進化上の経験から〝ありそうにない〟と思える事物を見過ごしてしまう傾向がある。

スピンデルの〝盲視(ブラインドサイト)〟とは正反対の症状もあった。晴眼者が自分は盲目だと信じ込むのではなく、盲人が自分は目が見えると言い張るのだ。ちょっと想像がつかないが、網膜が剝がれ、視神経が焼き切れ、物理法則に照らしてもものが見えるはずのない人間が、自分は見えていると主張する。壁にぶつかり、家具につまずいても、次々と言い訳を考え出してくる。誰かがいきなり照明を消した、窓の外を派手な色彩の鳥が横切って、前方の障害物から一瞬注意がそれた。ちゃんと見えてはいるんだ。自分の目は何ともない。

頭の中の物差し、とスピンデルは呼んでいた。だが、それだけではない。おれたちは心の中に世界のモデルを持っていて、外にはいっさい目を向けようとしない。人間の意識が見ているのは頭の中のシミュレーション、解釈された現実で、それは通常、感覚器からの入力でつねに更新されつづけている。その感覚の入力が——トラウマや腫瘍で——遮断され、更新できなくなったら? その事実を無意識のうちに拒否して、古いデータをくり返し再利用した時代遅れの世界モデルを、いつまで見つめつづけていられるだろう? どのくらいの時間があれば、自分の見ている世界が自分の住んでいる世界と乖離(かいり)していると、自分は盲目なのだと、認めることができるようになるだろう?

症例ファイルによると、数カ月かかることもある。あるあわれな女性の場合は一年以上かかった。

論理に訴えてもうまくはいかない。窓がないのにどうして外の鳥が見える？　世界がそこで終わっているとどうしてわかる？　残る半分を見ていないのに。死んでいるなら、どうして自分の死臭を感じることができる？　あんたが存在しないなら、アマンダ、おれたちが話してる相手は何なんだ？

無駄だ。コタール症候群や半側空間無視に陥った人間を、論理によって納得させることはできない。異星人の構造物内にとらわれたら、自分はなくなり、世界は正中線で終わるとわかってしまう。自分の手足がどこにあるかわかっているのと同じように確実に。脳がそのように配線されているので、証明する必要などまったくない。そんな確信に対して理屈や論理が何の役に立つ？

ロールシャッハの中では、そんなものに出番はなかった。

六回めに動きがあった。

「話しかけてきてるわ」ジェームズが言った。フェイスプレートの奥の目は大きく見開かれているが、狂気の輝きは感じられない。おれは周囲で蠕動（ぜんどう）するロールシャッハの内臓を目の隅にとらえた。幻覚を無視するには、まだ努力が必要だった。脳幹の下で自分のものではない言語が小動物のようにもがいている。おれは壁の一部に固定された指先ほどの大きさのリングに意識を集中した。

「話してなどいない。また幻覚だ」スピンデルが主通廊の向こうから言った。

ベイツは何も言わない。兵士が二体、空中に浮かんで全方位を監視していた。

「今回は違うわ」ジェームズは食い下がった。「図形が——対称じゃない。まるでファイストスの円盤みたい」ゆっくりと旋回し、通路を指さす。「このあたりが比較的強くて……」

「ミシェルを出してくれ」とスピンデル。「多少はきみを説得できるだろう」

ジェームズは弱々しく笑った。「死ねなんて言わないでしょうね?」推力銃を発射し、慣性で闇の奥に前進する。「ここは明らかに強いわ。内容がある。その下には——」

瞬(まばた)きのようにすばやく、ロールシャッハが彼女を切り離した。

これほど速く動くものを見たのははじめてだった。ロールシャッハの隔膜の動きはどこも緩慢で、おれたちはすっかりそれに慣れていた。収縮するときものんびりしたものだったのだ。だが、虹彩は瞬時に閉じた。三メートル先で主通廊がいきなり途切れ、細い線刻のある漆黒の膜が通路を閉ざした。

四人組はその膜の向こうだ。

兵士たちは即座に反応し、レーザーを発射した。ベイツが「後退しろ！　壁際に寄れ！」と叫びながら、アクロバットの早送りのような動きで宙に飛び出した。少なくとも本人には、有利な位置がわかっているようだ。おれは通路の端に退避した。超高熱のプラズマが大気を引き裂き、揺らめかせる。目の隅に、スピンデルが通路の反対側にしがみつくのが見えた。壁が後退する。レーザーは効果を発揮していた。隔膜はレーザーが触れたところから紙のように燃えてめくれ上がり、縁のほうから油っぽい黒煙が上がって——

——突如、あたり一面にまぶしい光があふれた。無数の光が主通廊にあふれ、何千という入射角と反射角を形成した。太陽のほうを向いた万華鏡の中に閉じ込められた気分だ。光が——

——針のように鋭い痛みがおれの側面、左腕を襲った。肉の焦げるにおい。悲鳴が上がり、途切れる。

〝スーザン、そこにいるか、スーザン？ まずはおまえからだ〟

周囲の光がおさまった。おれの視界ではちらつく影の群れが、ロールシャッハがあらかじめおれの頭に植えつけていた慢性の半幻影と混じり合おうとしていた。ヘルメットのアラームがうるさかった——亀裂、亀裂、亀裂——が、スーツのスマート繊維が柔らかくなり、穴をふさぎにかかっていた。何かが狂ったようにおれの左半身を刺している。焼き印でも押されているかのようだ。

「キートン！ スピンデルを頼む！」ベイツはレーザー照射をやめさせていた。兵士たちは徐々に膜に接近し、焼けた銃口と先端がダイヤモンドの鉤爪（かぎづめ）を伸ばして、焼け落ちた表層の向こうで柔らかな光を放つプリズム状物質につかみかかった。

その物質は繊維状反射材だと思い当たった。それがレーザー光を分散させ、光の針にしておれたちの顔に投げ返してきたのだ。うまい手だった。

レーザーは止まったのに、表面はまだ光っていた。反対側から照射された光が内部で乱反射し、透過してきているようだ。ドローンたちは黙々と反射材を掘り進んでいく。一瞬後、おれははっとなった。ジェームズのヘッドランプの光だ！

「キートン！」

そう、スピンデルだ。

フェイスプレートは無傷だった。レーザーは結晶の上を覆うファラデー・メッシュを溶かしていたが、スーツがもう小さなその穴をふさぎはじめている。だが、その奥の穴は残ったままだった。額をきれいに貫通している。その下の目は虚無の彼方を見つめていた。

「どうだ?」とベイツ。生命徴候（バイタル）の数値は届いているはずだが、〈テーセウス〉には死後再生が可能だ。

脳が損傷していなければ。「だめだ」

ドリルと粉砕器の作動音がやんだ。あたりが明るくなる。おれはスピンデルの遺体から顔を上げた。兵士たちが隔膜の下の繊維に穴をあけ、一体が向こう側に顔を出していた。

新たな音が騒音に加わった。動物の鳴き声のような、苦しげで耳障りな音だ。一瞬、またロールシャッハが語りかけてきたのかと思った。壁がわずかに収縮したように感じられた。

「ジェームズ?」ベイツが名前を呼んだ。「ジェームズ!」

ジェームズではなかった。装甲宇宙服を着た女の肉体の中の、怯(おび)えきった幼い少女だ。

兵士がその丸まった身体をこちら側に連れて戻った。ベイツがそっとそれを受け取る。

「スーザンか? 戻ってこい、スーズ。もうだいじょうぶだ」

浮遊する兵士たちはしきりに周囲を警戒しながら、何ごともないかのような様子を崩さなかった。ベイツがちらりとおれを見た。「アイザックを連れてきてくれ」そう言ってジェームズに向きなおり、「スーザンか?」

「い――いいえ」少女のか細い声が答える。

「ミシェルなのか?」

「怪物がいたの。つかみかかってきた。脚をつかまれたわ」

「とにかく撤退だ」ベイツは四人組を抱いて通路を引き返した。兵士が一体、穴の前に陣取る。別の一体が向こうを確認した。

「もういない」ベイツが優しく声をかけた。「行ってしまった。映像が見えるか?」

「目には見えないの」ミシェルがささやく。「し――し――視認できないのよ」

おれたちが引き返すと、隔膜も角の向こうに後退した。中央にあいた穴が、瞬きしない巨大な目のぎざぎざの瞳のようにこっちを見つめている。おれはずっと目を離さなかったが、そこから何かが追ってくるということはなかった。おれの目に見えるものは何も。ある考えが頭から離れなくなった。立ち聞きした告白から思いついた、ろくでもない弔辞。

　アイザック・スピンデルは結局、準決勝に残れなかった。


　引き返す途中でスーザン・ジェームズが戻ってきた。アイザック・スピンデルはだめだった。

　おれたちは言葉もなく、除染した風船の中で宇宙服を脱いだ。ベイツが最初にスーツを脱ぎ捨て、スピンデルに手を伸ばしたが、四人組が片手を上げ、かぶりを振ってそれを制した。四人の人格は交替で彼の装備をはずした。スーザンがヘルメットとバックパックと胸部プレートを取り、クランチャーが襟から爪先までの銀張りの人工皮膚をはがす。サーシャはジャンプスーツを脱がせ、青白い肌を露出させた。フィードバック・グラヴだけはそのままにしておく。指先には触覚があるが、手そのものは無感覚なのだ。スピンデルの額の穴の下にある両目はそのあいだずっと、瞬きせずにすべてを眺めていた。曇った目は遠いクエーサーを見つめつづけた。

　おれはミシェルがあらわれてその目を閉じさせるのではないかと思ったが、彼女はとうとう出てこなかった。

訳者紹介　1956年生まれ。静岡大学人文学部卒。翻訳家。主な訳書に，フリン「異星人の郷」，M・M・スミス「みんな行ってしまう」，シモンズ「ザ・テラー」，マクラウド「ニュートンズ・ウェイク」他。

検印
廃止

ブラインドサイト　上

2013年10月31日　初版
2018年2月2日　3版

著　者　ピーター・ワッツ

訳　者　嶋田洋一（しま だ よう いち）

発行所　（株）東京創元社
代表者　長谷川晋一

162-0814／東京都新宿区新小川町1-5
電　話　03・3268・8231-営業部
　　　　03・3268・8204-編集部
URL　http://www.tsogen.co.jp
振　替　00160-9-1565
萩原印刷・本間製本

乱丁・落丁本は，ご面倒ですが小社までご送付ください。送料小社負担にてお取替えいたします。

ISBN978-4-488-74601-8　C0197